비밀에 갇힌 영혼

저자와
협의하여
인지 생략

〈나답게 청소년 소설〉
비밀에 갇힌 영혼

지은이 | 송재찬
펴낸이 | 一庚 장소님
펴낸곳 | 도서출판 답게

초판 인쇄 | 2019년 7월 15일
초판 발행 | 2019년 7월 20일

등 록 | 1990년 2월 2일, 제 21-140호
주 소 | 04994 서울시 광진구 면목로 29(2층)
전 화 | (편집) 02)469-0464, 02)462-0464
(영업) 02)463-0464, 02)498-0464
팩 스 | 02)498-0463

홈페이지 | www.dapgae.co.kr
e-mail | dapgae@gmail.com, dapgae@korea.com

ISBN 978-89-7574-309-2

나답게 · 우리답게 · 책답게

* 책값은 뒤표지에 있습니다.
* 잘못 만들어진 책은 구입하신 서점에서 교환해 드립니다.

갇힌 영혼 비밀에

나답게 청소년 소설

송재찬 글

도서출판 답게

생애 처음 만난 새로운 세상의 기억

초등학교에 입학해서 담임선생님이 단아한 모습으로 풍금을 치며 노래하던 첫 음악 수업은 새로운 세상이었다. 마을에 라디오조차도 없던 시대였으니까 음악이라고는 어른들이 부르는 노래가 고작이었는데 악기 소리를 들었으니 내 여린 감성은 꿈을 꾸는 것 같았다. 그 날의 기쁨과 경이는 흰 머리가 생긴 지금까지 내 마음에서 떠나지 않았다.

중학교에 입학하면서 만난 음악 선생님은 음악대학을 갓 졸업한 바이올린을 전공한 분이었다. 초등학교와 달리 음악실이 따로 떨어진 별관이었고 풍금도 더 크고 풍성한 소리를 냈다. 음악의 다양한 이야기를 들었고 오페라 아리아를 따라 부르기도 했다.

중학교 1학년 여름이었다. 외갓집 뜰에 있는 감과 배가 방울처럼 자라 있었다. 어느 날 친척되는 분이 네 장래 희망이 뭐냐고 물었다. 나는 그 때까지 내 장래에 대해 생각해 본 적이 없었다. 학교에서도 그런 교육을 받은 적이 없었다. 그 때까지 내가 본 것은 농사짓는 아웃들과 학교 선생님, 경찰, 자전거를 타고 달려오던 집배원이 전부였다. 그런데 내 입에서 뜻밖의 말이 나왔다.

음악가. 친척 아저씨는 의외라는 듯 나를 보고 또 물었다. 성악가? 기악? 나는 그 때만 해도 성악이니, 기악이니 하는 말을 몰랐다.

고등학교에 진학해서 피아노를 처음 보았다. 노래 부르기를 좋아했지만 음악가가 될 수 없다는 것을 진작에 알게 되었다. 그러나 음악가 되고 싶었던 그 날의 기억은 지금까지도 사라지지 않았다.

〈비밀에 갇힌 영혼〉은 내 입에서 음악가,라는 말이 터져 나왔던 그 기억에서 출발한 작품이다.

지금처럼 음악을 쉽게 접할 수 있었다면 내 암울했던 청소년기는 훨씬 견디기 쉬웠을지 모른다. 결핍되었든 풍성하게 채워졌든 청소년기의 목마름은 누구에게나 찾아올 것이다. 그 목마름을 해결하기 위해 간절함과 열정으로 밤을 새기도 하고 방황하기도 하는 게 성장 아니겠는가.

이 글을 끝까지 쓸 수 있도록 격려해준 〈도서출판 답게〉와 드럼의 비밀을 하나 하나 보여준 여러분께 고마운 마음을 전한다.

송재찬

| 차례 |

01

용서할 수 없는 사람

승제 아빠가 세상을 떠난 날 수은주는 곤두박질치며 영하로 떨어졌다. 지독한 꽃샘추위였다. 퇴근길의 인파를 종종걸음 시키던 저녁에 승제 아빠는 눈을 감았다. 대장암 판정을 받은 지 2년. 엄마가 교통사고로 눈을 감은 지 딱 3년 되던 날이었다. 그렇게 조심했는데도 가족 병력을 이겨내지 못했다.

공원묘지 차가운 땅에 유골함을 내려놓았을 때 잔뜩 내려앉은 하늘에서 너울너울 눈이 내렸다. 아무리 혹독한 꽃샘추위라지만 이미 4월이었다. 봄눈 같지 않게 두텁고 많은 눈이었다.

미국에 있는 승제 삼촌은 장례가 끝날 때까지 얼굴을 나타내지 않았다. 일찍 아버지를 여의고 어린 가장이 된 승제 아빠가, 아버지처럼 키웠다는 승제 삼촌 고병익. 그에 대한 수군거림이 승제 귀에까지 들려왔다.

“병익이가 끝내 못 오는구먼.”

“워낙 먼 곳에 있으니까.”

“무신(무슨) 소리우까. 글로벌 시대에 미국이 뭐 멀어 마씸.”

“연락이 안 간 거 아니우까(아닙니까)?”

“병국이가 지 아시(아우)를 어떻게 키웠는데?”

“허긴 그래서 지 형수가 돌아갔을 때, 미국에서 바람처럼 날아와 혼절할 것처럼 울었수다.”

“경헌(그러던) 사람이 형 장례에는 어떵허연(어째서) 안 오는 거라?”

조문객의 수군거림은 장례차에 올라 장지를 떠나면서도 이어졌다. 승제가 알아듣기 힘든 제주도 사투리로 수군대는 소리도 들렸다. 승제는 제주 고씨 후손이었다. 제주에서 꽤 여러 명이 올라오기도 했지만 고향 사람들끼리 만나면 제주 말을 썼다.

그들의 수군거림 속에는 간간이 고씨 집안의 내력이 묻어 나왔다. 이미 승제가 알고 있는 할아버지, 아빠, 그리고 장례에 참석하지 않은 삼촌 이야기였다.

승제 할아버지는 병국이 병익이 형제가 다 성장하기 전에 대장암으로 세상을 떠났다.

병국 씨는 어머니와 함께 동생을 돌봐야 했다. 어린 나이에 아버지를 여의어서인지 일찍 세상에 눈떴고 아버지를 대신한 가장 노릇을 착실하게 해냈다. 제주도에서 실업계 고등학교를 마치기 무섭게 서울로 올라와 직업전선에 뛰어든 병국 씨는 서울 여자와 결혼했고 어머니와 동생을 모두 서울로 불러올려 동생 뒷바라지를 했다. 자신을 위해서는 동전 하나도 아끼는 자린고비였지만 다른 사람, 딱한 사람을 보면 아껴 모았던 것도 꺼내는 사람이었다.

병국 씨 형제가 이재에 밝은 것은 어머니를 닮았다. 병국 씨가 자동차 기술을 익혀 카센터 사장으로 성장하는 동안 어머니도 대학 근처에서 하숙을 치며 장남을 도왔다.

알 수 없는 것은 둘째 아들 고병익이다. 지금도 친척들은 그 이야기를 화제로 삼는다. 승제 삼촌 고병익은 대학 졸업을 하고 신문사에 취직하더니 그 좋다는 직장을 그만두고 미국에 건너가 거기 눌러앉아 버렸다. 결혼도 안 하고 도대체…… 형수가 돌아가셨을 때 잠시 귀국했다가 다시 떠난 지 어느새 3년이었다.

승제가 눈 내리는 차창을 보며 아빠……하고 가만히 부르는데 장례차 뒤쪽에서 늙고 건조한 목소리가 들려왔다.

"무사(왜)? 내가 못 헐 말해서? 지가 아무리 박사고 미국 대학교수면 뭐해? 형이 세상을 떠났는데도 얼굴도 안 비치는디 그게 사름(사람)이라? 자식을 가슴에 파묻은 어멍(어머니)이나 어린 조캐(조카)를 봐서라도 경허믄(그러면) 안 되는 거주. 나 겉으면(같으면) 그런 자식 다시 안 보키여(본다). 원 시상이 아무리 변해도 그런 법은 없다.

병국이가 아시(아우)을 어떵 키웠는지 자네도 알잖아. 아방(아버지)처럼 키워서. 형이지만 아방이라고. 아방! 아방 죽은 디 안오는 자식이 자식이라?"

"좀 조용 험써(하세요.) 저 앞에서 다 들으쿠다(듣겠습니다.)"

승제는 말리는 소리까지 고스란히 들었다. 그렇지 않아도 삼촌에 대해 서운하던 참이었다. 승제는 어금니를 깨물며 주먹을 불끈 쥐었다. 쏟아지려던 눈물이 눈가에서 번졌다. 봄눈이 어느새 그쳐 있었다. 동대문역을 지난 장례 버스는 청량리역을 빠르게 통과하더니 어느새 휘경동으로 접어들었고 눈에 익은 상가 건물들이 나타났다.

아빠를 떠나보낸 슬픔보다 더 강한 잠이 승제를 쓰러뜨렸다. 장례를 치른 승제는 계속 자기만 했다.

"승제야, 간 사람은 간 사람이고 넌 살아서 에비 몫까지 살아야 한다."

할머니는 잠깐잠깐 깨는 승제를 위해 밥상을 차렸지만 승제는 거의 숟갈을 들지 않았다.

"조금만 먹고 자라."

할머니는 숟가락을 쥐어주며 깊고 그윽한 눈으로 말했지만 할머니 역시 한 술도 뜨지 않았다는 것을 승제는 느낌만으로 알았다.

'이제 할머니만 남았다. 삼촌은 사람도 아니다.'

승제는 까무룩 깊은 잠 속에서도 이제 고아가 되었다는 것을 뼈저리게 느꼈다.

엄마가 세상을 떠난 지 3년. 겨우 마음을 추스린 승제였다. 눈물은 이미 다 쏟았다.

잠 속에선 계속해서 아빠가 나타났다. 아빠! 승제가 어둠 속으로 사라지려는 아빠를 부르자 아빠가 돌아섰고 가슴을 열어 기타를 꺼내 보였다.

"아빠 이젠 기타 따위는 안쳐요. 그러니 가지 마세요."

승제가 그렇게 원했지만 아빠의 극렬한 반대로 치지 못했던 기타를 아빠는 끝없이 끝없이 가슴에서 꺼내 보였다.

"아빠, 죄송해요. 이제 기타 사달라고도 배우게 해달라고도 하지 않을 테니 가지 마세요."

다 말라버린 줄 알았던 눈물샘이 꿈에서 다시 터졌다.

"엄마, 아빠……."

꿈에서는 마음이라는 게 보였다. 몸속 가득 공기처럼 들어차 있는 마음이 심하게 요동치고 있었다. 나는 이제 어떻게 되는 걸까. 엄마도 아빠도 돌아가셨는데 나는 어떻게 되는 걸까. 날마다 늙어가는 게 보이는 할머니만 남았다.

"엄마, 아빠……."

마음은 끝없이 불안에 떨면서도 눈물을 만들어냈다. 마음 한끝이 돌돌 말리더니 혼자 중얼거렸다.

"나도 죽어버리고 싶어."

마음이 하고 싶은 말을 뱉어냈을 때 바람처럼 나타난 더 깊은 잠이 그 불안한 마음을 꽉 끌어안았다. 무슨 쓸데없는 생각이냐는 듯이.

얼마나 잔 것일까. 문득 잠이 깨었을 때 승제는 집안에 변화가 생겼다는 것을 알았다. 뭐라고 꼬집어 말할 수는 없지만 느낌만으로 감지되는 색다른 분위기가 집 안을 채우고 있었다. 승제 몸도 많이 회복되었다, 마음 깊은 곳에 가라앉은 상실감과 불안이 남아 있었지만 잠은 승제의 피로와 슬픔을 어느 정도 끌어안고 사라져있었다. 화장실이 급했다. 방문을 열려던 승제는 거실에서 들려오는 소리에 동작을 멈췄다.

"어머니 죄송합니다. 차마 형님 떠나는 모습을 볼 수 없었습니다."

삼촌? 도대체 언제 온 것일까. 그렇게 기다렸던 삼촌이 지금이야 나타난 것이다. 할머니와 대화할 때 제주 사투리를 쓰는 아빠와 달리 삼촌은 사투리를 쓰지 않았다.

화장실에 가야겠다는 마음은 이미 사라져 버렸다. 터질 것 같던 오줌보도 거실 밖이 궁금했는지 조금 전처럼 요동치지 않고 잠잠했다.

"내가 느 맘을 어찌 모르겠느냐. 그러나 병국이가 너에게 어떤 형이고."

"압니다. 저도 형을 생각하면 가슴이 터질 것 같습니다."

승제가 귀를 댄 문틈으로도 삼촌의 울음이 흘러들어왔다, 그 울음에 빠진 것처럼 승제도 어느새 울고 있었다. 어금니를 깨물며 소리 안 나게 울었다.

"어머니 그래서 더욱 올 수 없었습니다. 형님이 저에게 들려주실 마지막 말이 겁나서 올 수 없었어요."

삼촌은 아예 통곡하고 있었다. 승제는 아빠를 잃은 자신보다 형을 잃은 삼촌의 슬픔이 더 큰가, 하고 그 와중에도 엉뚱한 생각을 하고 있었다.

"그래도 어떻게……어린 승제, 네가 있었으면 얼마나 힘이 되었겠니? 아우인 네가 있어야지."

"어머니 이제 승제는 제가 키우겠습니다."

승제는 눈을 번쩍 떴다. 이게 무슨 소리야. 아빠 장례에도 오지 않은 삼촌이 나를 키운다고? 뻔뻔스럽게 어떻게 저런 소리를 할 수 있지? 무슨 꿍꿍이람. 혹시 아빠가 남긴 재산을 노리고? 승제 머리는 제주 고씨의 후손답게 재빨리 움직였다. 비슷한 이야기가 떠올랐다 조카를 봐준다는 명목으로 형의 유산을 가로챈 어느 기업인을 다룬 드라마였다.

'그런 마음이라면 절대 용서하지 않을 거야.'

승제는 주먹을 불끈 쥐었다.

승제는 삼촌에 대한 추억이 별로 없었다. 어쩌다 국내에 머물러 있을 때도 특집 방송 녹화, 대학 특강, 강연회로 얼굴 보기가 힘들었다. 지방 강연이 있을 때는 집에 들어오지도 않았다. 승제가 초등학교 고학년이 되면서 삼촌이 엄청 유명한 생태학자라는 것을 알게 되었고, 가까이 다가가 친해지고 싶었지만 승제에겐 항상 쌀쌀했다.

"아빠, 삼촌은 나를 싫어해."

언젠가 설날에 잠깐 귀국했던 삼촌에게 엎드려 세배했지만 삼촌은 세뱃돈조차 주지 않고 뭐가 그리 바쁜지 휑하니 나가 버렸다.

"무슨 소리야. 삼촌이 우리 승제를 얼마나 이뻐하는데. 그러니까 귀국할 때마다 선물도 사 오는 거잖아."

"선물은 나만 사 오나요? 할머니, 아빠, 엄마 꺼 다 사 오잖아요. 그 중에 엄마 선물이 제일 좋아."

그 말을 듣던 할머니가 한마디 했다.

"니 삼촌 성격이 워낙 무겁고 냉랭하잖니. 이 에미한테도 그러는 걸 뭐."

허긴 그랬다. 삼촌은 귀국해서 집에 잠깐 있을 때도 입을 잘 열지 않았다. 웃는 일도 없었다. 그저 무표정이었다.

"과학자라서 그럴걸."

엄마가 한 말이다.

"엄마 과학자들은 다 삼촌처럼 말을 잘 안 해?"

"그럼."

승제 뇌리에 삼촌은 말이 없는 사람, 재미없는 사람, 차가운 사람으로 못 박혀버렸다. 그런 삼촌이 저렇게 목 놓아 운다.

'삼촌도 인간은 인간이네.'

화장실에 가려던 승제는 다시 침대에 누웠다. 삼촌이 울도록 내버려 두고 싶었다. 승제는 눈을 감고 다시 잠을 청했다. 잠은 이내 다가왔다. 그래서 거실에서 두 사람이 주고받는 말을 듣지 못했다.

"미국 생활은 어떻게 하고 니가 승제를 키워. 미국 데리고 가게?"

"아뇨. 저 영구 귀국합니다."

"무신(무슨) 소리고?"

"이제 제가 형님 대신 승제를 키워야지요. 그래야 형님과 형수님 편히 눈을 감지 않겠습니까?"

승제 할머니가 작은아들의 등을 토닥거렸다. 어느새 먼동이 트고 있었다.

삼촌은 모든 것을 접고 영구 귀국했다. 대학교수 자리는 쉽지 않은 자리였지만 삼촌의 명성 때문이었는지 내년부터 자리를 마련해 주겠다는 대학은 서너 군데 되는 모양이었다.

"올해는 그냥 쉬려고 해. 우선은 형님 대신 아들 노릇 잘하는 것으로 만족하려고. 쉬면서 찍고 싶었던 사진도 좀 찍고."

승제는 삼촌이 누군가와 통화 것을 간간이 들었다. 곧 이사한다는 이야기도 흘렀다. 그가 누구인지 모르지만 그와는 꽤 오래 통화했다.

'따로 독립해서 나간다는 걸까? 지금처럼 아빠 방을 쓰지 않고?'

궁금한 게 한두 가지가 아니지만 승제는 묻지 않았다. 삼촌을 보면 화가 나고 눈에 힘이 들어갔다.

승제는 어느새 일상으로 돌아와 있었다. 좀처럼 입을 열지는 않았지만 학교에 가고 학원에 가는 일이 예전처럼 이어지고 있었다. 그러나 할머니는 보고 있었다. 승제 눈빛에는 아빠를 떠나보낸 상실감이 그대로 드러나 있었다. 눈은 더 깊이 들어가 있었고 양 볼이 핼쑥했다. 좋아하는 농구도 하지 않는 눈치였고 걸음걸이에도 힘이 다 빠져 있었다. 학교와 학원만 다녀와선 자기 방에 들어박혀 지냈다.

승제는 할머니와 삼촌이 조용조용 귓속말처럼 이야기하는 모습을 자주 보았다.

승제가 들어서면 둘의 대화는 뚝 끊겼고 삼촌은 딴청을 부리거나 서둘러 외출해 버렸다.

한집에 있었지만 승제의 눈길은 늘 삼촌을 감시하듯 날카로웠다. 삼촌의 하는 소리는 하나라도 허투루 듣지 않았다.

'아빠 것을 절대로 뺏기지 않을 거야.'

승제는 삼촌을 보며 주먹을 쥘 때가 많았다.

'나도 이젠 어린애가 아니야. 중 2라고. 옛날에 이 나이에 왕이 된 사람도 있고 장가를 든 사람도 있어. 난 어린애가 아니야.'

말은 안 했지만 승제 온몸이 튀어 나갈 준비를 하고 있었다. 삼촌은 아직 그런 낌새를 내보이지 않고 있다. 그러나 믿어선 안 된다. 신문사 기자를 했고 미국 대학에서 학생도 가르쳤다. 어디서 읽었을까. 많이 배운 사람이 더 악랄하다고.

"승제야."

토요일 아침. 승제가 막 눈을 떴을 때 문밖에서 삼촌이 불렀다.

"일어났니?"

승제는 자기도 모르게 벌떡 일어나 앉았다. 온몸이 예민하게 반응했다.

"우리 아침 먹을까?"

"아, 예, 예."

승제는 전투 준비를 한 것이 멋쩍어졌다. 아니다. 방심해선 안된다. 삼촌이 언제 예리하고 견고한 발톱을 내밀지 모른다.

"할머니는 나가셨어."

방 밖을 나가자 삼촌이 주방으로 가며 말했다.

승제는 그제야 할머니가 오늘 교회에서 하는 효도 관광 행사 때문에 아침부터 집을 비운다는 것을 기억해냈다. 안 나간다는 걸, 집에만 있지 말고 나가서 모든 것 훌훌 털고 오시라고 삼촌이 등을 떠밀다시피 해서 나간 것이다. 삼촌이 밥을 챙겨 줄 거야. 하던 할머니 말도 떠올랐다. 아빠였다면, 나중에요 아빠 나 지금 먹고 싶지 않아요. 하고 짐짓 어리광을 부리고 싶었지만 삼촌에겐 그 말이 나오지 않았다.

승제는 양치를 하고 식탁에 앉았다. 삼촌이 국을 떠서 놓고 있었다.

"승제야, 오늘 뭐 할 거니?"

느닷없는 질문이었다. 승제는 수저를 들다 말고 삼촌을 보았다. 새삼스럽게 삼촌의 눈이 퀭하게 들어가고 온몸 전체가 앙상하다는 느낌이 들었다. 절대 용서하지 않겠다던 삼촌. 언제 발톱을 내밀지 모르는 삼촌. 마음을 약하게 먹어선 안된다.

"뭐, 특별히 할 일은 없어요."

승제는 덤덤하게 말했다. 삼촌과 나는 다른 사람이라는 듯. 나에게 무슨 일이 있든 말든 그게 나와 무슨 상관이냐는 투다. 아빠 장례에도 오지 않은 사람이 나에게 웬 관심? 이런 마음이었다.

"그럼 나랑 같이 나가볼래?"

"네."

싫어요. 해야 하는 데 입에선 다른 소리가 나왔다. 삼촌이 무슨 생각을 하는지 궁금하기도 했다. 적을 무찌르려면 적을 알아야 한다.

어디로 간다는 걸까? 승제는 더 이상 묻지 않고 꾸역꾸역 밥을 먹었다. 승제가 좋아하는 갈치구이 맛이 조금도 느껴지지 않았다. 할머니가 승제를 위해서 끓였을 쇠고기 뭇국도 아무런 맛이 없었다.

02

우리의 삶을 조정하는 것은 누구일까

아파트 주차장에서 삼촌은 처음 보는 지프의 차문을 열고 시동을 걸었다. 아빠 차는 입원 날을 기다리며 중고 시장에 내놓아 팔아버렸다. 아빠는 병원에서 나오지 못하리라는 것을 알고 있었던 걸까. 승제는 가끔 그 생각을 했다. 자동차만이 아니라 주변 정리도 알게 모르게 한 것 같았다.

"벨트 매거라."

삼촌은 언제 이런 중고 자동차를 샀을까. 승제가 혼자 생각하는데 그 생각을 읽은 것처럼 삼촌이 입을 열었다.

"아는 선배 차인데 며칠 빌린 차다. 한옥을 짓는 대목인데 작업차로 트럭을 주로 사용해서 이 차를 좀 빌려 쓰기로 했다. 나도 곧 차를 마련해야지."

삼촌이 다정하게 말했다. 확실히 삼촌은 달라져 있었다. 어쩌다 귀국해서 잠깐씩 얼굴을 보일 때와는 다른 얼굴, 예전처럼 냉랭한 삼촌이 아니었다. 승제에게 잘해보려는 삼촌을 승제도 느끼고 있었지만 그럴수록 승제는 더욱 냉담하게 삼촌을 대했다.

"네."

승제는 짧게 대답했다. 따라 나오긴 했지만, 삼촌과는 절대 친하게 지내지 않겠다고 결심하고 다짐한 승제였다. 언제 나를 후려칠지 모르니 정신을 바짝 차려야 한다고 생각한 승제다. 그러나 최소한의 예의는 지켜야겠지. 이 친절이 무엇을 노리는 가면인지 정신을 차리고 눈을 부릅떠야 한다. 승제는 삼촌 옆에 앉아 앞을 보고 있었지만 정신은 전투태세를 갖추고 있었다. 차는 어느새 아파트 정문을 뒤로했다. 내비게이션에는 태릉이라는 곳이 얼핏 보였다.

'태릉이라면 선수촌이 있던 그 태릉?'

승제는 말로만 들었지 한 번도 가본 적이 없는 동네였다. 아빠가 옆에서 운전을 했다면

"아빠, 태릉은 왜 가는데요?"

하고 물었을 승제였지만 입을 열지 않았다.

차는 태릉입구역을 지나고 조금 더 달려 잘 지어진 단독주택들이 즐비한 동네로 들어섰다. 높다란 담들이 둘러쳐 있었지만 고급스런 집들이라는 게 느껴졌다. 길가에 주차한 차들도 고급차들로 보였다. 그 차들에 비하면 삼촌이 빌렸다는 차는 낡고 초라해 보였다.

삼촌은 망설임도 없이 어느 집 대문 앞으로 차를 세우고 대문에 붙은 번호키를 익숙하게 누르고 대문을 열었다.

"들어가자."

승제는 비로소 의아한 눈으로 삼촌을 보았다.

"들어가서 이야기하자."

마당이 있는 집. 2층짜리 단아한 건물이 마당과 잘 어울렸다. 벽돌담 밑으로 잘 자란 황금편백들이 봄볕을 맞으며 새잎을 내놓고 있었고 아주 오래전부터 자리를 지키고 있었던 듯 활짝 핀 팬지들의 화단도 잘 정리되어 있었다.

삼촌은 남의 집 같지 않게 현관문을 열고 들어갔다. 거실 커튼을 양쪽으로 밀자 봄볕이 쫘악 들어와 거실을 채웠다.

"앉아라."

거실은 그리 넓지 않지만 정갈하고 모든 게 잘 정리되어 있었다. 앉지 않고 주위를 살피던 승제는 화들짝 놀라며 한쪽 벽에 시선을 고정시켰다.

'저 사진이 여기, 어떻게?'

전투태세를 갖추었던 승제지만 삼촌을 상대로 싸우기엔 아직 어린 나이인지 모른다. 낯선 곳, 낯선 풍경 앞에서 승제는 어느새 호기심 가득한 14살 순수한 소년으로 돌아와 있었다.

벽에 붙어 있는 사진. 그것은 승제가 초등학교 입학식 때 찍은 것으로 할머니, 아빠, 엄마, 삼촌까지 다 들어있는 사진이었다. 승제는 어른처럼 양복을 입고 있었다. 사진 속의 어른들은 모두 환하게 웃고 있었다. 잘 웃지 않는 삼촌도 잘 핀 함박꽃처럼 환하게 웃고 있었다. 외국에 나가 있던 삼촌이 잠깐 귀국했을 때 엄마가 고집을 부려 유명하다는 사진관에서 찍은 사진이었다. 승제네 집에는 작은 사진으로 앨범 속에 박혀있는 사진이 이 집, 처음 보는 이 집에는 큰 액자에 걸려 있다니. 여기가 도대체 어디일까.

"앉아라."

삼촌은 승제를 거실 소파에 앉게 한 다음 능숙하게 오렌지 주스 두 잔을 내왔다.

승제의 궁금증은 더 증폭된다. 도대체 여기가 누구네 집인데 삼촌은 이렇게 자기 집에 온 것처럼 모든 게 자연스럽고 익숙한 것일까. 저 사진은 왜 여기 붙어있는 걸까. 승제와 삼촌 말고는 아무도 없는 집. 그런데도 사람이 계속 살고 있는 것 같은 이 느낌은 또 뭘까.

"마셔라."

삼촌은 주스 잔을 들며 입을 열었다. 승제는 입술만 축이고 잔을 내려놓았다. 그러기는 삼촌도 마찬가지였다.

"승제야, 잘 들어라. 네가 이상하게 생각한 것들을 다 이야기하마."

삼촌은 엄마나 아빠 같은 말투로 말했다. 엄마는 늘

"……그럼 우리 승제 속을 내가 훤히 들여다보고 있지. 내가 널 낳고 길렀는데 어찌 네 속을 모르겠니. 이렇게 내 앞에 따로 떨어져 앉아 있지만 너는 나고 나는 너거든."

그러면 아빠나 할머니가 옆에서 맞장구를 쳤다.

"그럼 그럼. 에미는 자식 속을 훤히 아는 법이다. 그러니 에미지. 뱃속에서 열달을 품고 키웠는데 그걸 모르겠니?"

"그러니 우리 아들, 엄마 속일 생각하지 마. 할머니도 내 속을 훤히 꿰고 있거든. 니 엄마도 그래."

엄마 아빠가 그러는 건 이해가 간다. 그런데 삼촌은 장가도 안 갔다. 그런데 마치 내 속을 다 아는 것처럼 말한다. 허긴 학교 선생님들도 그런 말을 자주 입에 올렸다. 오래 살다 보면 다른 사람의 속을 들여다보는 능력이 생기나 보다. 승제는 이런 생각을 하며 삼촌을 바라보았다. 그 순간 삼촌은 뭔가 긴장한 듯 눈을 내리깔고 있었다. 그러나 어린 승제는 미처 그걸 눈치채지 못했다.

"이 집, 내 집이다."

"네?"

승제는 냉담하려 했지만 깜짝 놀라고 말았다. 이 집이 삼촌 집? 이게 도대체 무슨 말일까.

"내가 어머니와, 형을 위해서 마련한 집이야. 형이 안 계시니 어쩜 너를 위한 집일지도 모르지. 어머니도 나이가 많으시니까 나보다 더 일찍 세상을 떠나실 거고. 나도 늙겠지. 넌 어른이 될 거고. 승제야."

삼촌은 목소리는 깊고 그윽했다. 승제는 순간 다시 전투 준비를 갖추었다. 정신을 차려야 한다. 삼촌이 알 수 없는 뭔가로 나를 홀리고 있다. 꼬리 아홉 달린 여우처럼 내 정신을 빼앗고 있다. 이 집이 삼촌 집?

"네."

짧게 대답하며 승제는 무표정하려고 애썼다. 아무리 그래도 나는 그 그물에 걸리지 않아요. 그래도 뭔가 삼촌의 계략에 휘말리는 것 같은 기분을 떨칠 수 없었다. 벌써 삼촌 술수에 넘어가 버린 건 아닐까. 주스를 한 모금 마셨다. 자꾸 목이 마르다는 생각.

"참 이상해. 세상일이."

"뭐가요?"

승제는 자기도 모르게 삼촌의 말에 입을 열었다. 그게 삼촌의 쳐 놓은 덫일 수 있다고 생각하면서도 승제는 궁금했다. 도대체 삼촌은 지금 무슨 생각을 하고있는 걸까.

"저 위에서 누가 우리의 앞날을 미리 다 알고 우리 삶의 운행을 조정하는 것 같아."

이건 또 무슨 엉뚱한 소리일까. 정신 차려야 한다. 승제는 또 주스 한 모금을 마셨다. 단맛이 조금도 느껴지지 않는 오렌지 주스였다.

"이 집을 마련하고 나는 살지 못했다. 네가 태어날 무렵 나는 미국으로 건너갔으니까. 내가 잘 아는 선배가 이 집에 10년 넘게 살았단다. 나는 집만 마련하고 떠났지만 이 집을 집답게 만들어 놓은 것은 그 선배야. 내가 가지고 있던 주식들이 연일 상종가를 쳐서 그걸로 이 집을 마련했는데 나는 살지 않고 선배에게 집을 맡기고 떠나게 되었어. 미국 특파원으로 출장을 갔다가 거기에 눌러살게 되면서 이 집은 내 집이면서 그 선배 집이 된 거야. 아까 말한 그 대목 일 하는 선배 말야. 네 아빠가 부모가 마련해준 형제라면 그 선배는 이 우주, 세상이 보내준 형제라 할 수 있단다. 영문학을 전공한 선배였어. 교수님 추천으로 모교에 취직했는데도 틀에 짜이고 조직적인 직장 생활을 힘들어했어. 늘 힘들어하더니 한옥 짓는 데를 쫓아다니더라고. 지금은 그 분야에서 알아주는 대목이 되었지. 독신주의를 고집하는 선배인데 여러 분야에서 능력이 뛰어난 사람이야. 주식에 대해서도 훤했는데 나는 그가 권하는 대로만 투자했을 뿐인데 큰돈을 쥐게 되었지. 어느 정도 돈이 모이자 나는 더 투자하고 싶었지만 그가 말리더구나. 지금 좋은 집터가 나왔으니 그걸 사는 게 좋겠다고. 어머니와 형도 이재에 밝았지만 그 선배가 한 수 위였지. 뭐랄까. 어머니와 형이 소박한 이제의 귀재라면 그 선배는 글로벌한 감각을 지닌 사람이었어. 자동차를 빌려준 이도 그 선배야. 대학 때부터 만나 지금껏 형제처럼 지내고 있단다. 그런데 얼마 전 그 선배에게서 전화가 왔어. 이제 그만 들어오라고. 자기는 경상남도 고성으로 내려간다는 거야. 거기에 한옥으로 된 문학관과 창작촌을 짓기로 했대. 그 공사에 총괄 책임자로 가야 한다고. 그 일만이 아니라 고성에다 한옥을 짓는 주식회사를 곧 만든다고 더 이상 이 집을 관리해 줄 수 없다고. 형도 아프다면서 들어와서 아들 노릇, 니 삼촌 노릇을 하는 게 어떠냐고 끈질기게 권했어. 니 아빠에 대해서도 잘 알아. 우리 사이에 비밀이 없으니까. 그는 지금까지 친형 못지않게 나의 부탁을 거절하지 않고 다 들어주었어. 나도 이제는 그의 부탁을 들어주어야 할 차례가 온 거지."

삼촌도 주스 한 모금을 마시고 내려놓았다.

"나는 그가 늘 하나님 같은 사람이라고 생각하곤 했는데 이번도 그랬어. 다른 소리 말고 나보고 다짜고짜 들어오라는 거야. 내가 하나님 같은 사람이라고 했지? 그 선배는 병국이 형이 돌아가실 걸 영적 느낌으로 알았던 게 아닐까. 하는 생각이 요즘 자주 들어. 그 형이 날마다 그만 귀국하라고 독촉할 무렵 형이 돌아가셨다는 전갈이 왔어. 나는 그 소식을 듣고 며칠간 죽어 있었어. 아무것도 할 수 없는 공황 상태가 된 거야. 아무것도 보이지 않고, 아무것도 들리지 않고 배도 고프지 않고. 나는 평소에 형을 아버지처럼 생각하며 살았어. 형은 나를 위해 모든 걸 희생했으니 아버지처럼 잘 모셔야 한다. 형과 형수의 노후는 내가 책임져야 한다고 늘 생각하고 있었는데 형은 늙기 전에 내 곁을 떠나버렸어. 그때 나는 비로소 알았단다. 기다려 주는 것은 아무것도 없다는 것. 늙어가는 어머니와 너를 내가 돌보는 것이 형에게 받은 은혜를 갚는 것이라고. 그래서 모든 걸 내려놓고 영구 귀국한 거다. 내가 이제 우리 승제를 형 대신 돌보려 한다."

삼촌의 이야기는 너무 뜻밖이었다. 지금껏 가족은 눈곱만치도 생각하지 않고 자신을 위해서만 사는 이기주의자라고 생각했던 삼촌이었다. 너무 다른 모습에 승제는 삼촌의 말들이 믿어지지 않았다. 그런데 이 집. 그리고 저 사진. 삼촌은 누군가의 삶을 살며 준비하고 있었다는 느낌이 들었다. 그게 할머니와 아빠라는 게 뭔가 이상하긴 했지만.

삼촌과 전투를 벌여야겠다고 했던 마음이 모두 사그러진 것은 아니었지만 며칠간 죽어 있었다는 건 진심인 것 같았다.

'나는 지금도 죽어 있어요. 지금도요. 그리고 만에 하나, 아빠 것을 탐내면 내가 용서하지 않을 겁니다. 절대 용서 안 해요.'

이 집보다 더 궁금한 것은 아빠의 죽음을 알고도 삼촌은 왜 오지 않은 걸까? 하는 거였다. 죽어지내도 와야 되는 거 아닌가. 죽어서라도 와야 하는 게 아닌가. 그리고 ……아빠보다 그 선배라는 사람과 더 가깝고 더 친하다는 생각이 고개를 들었다. 아빠 때문이 아니라 그 선배 때문에 영구 귀국한 게 아닐까.

"삼촌은 왜 아빠가 세상 떠난 것을 알면서도 오지 않는 거예요? 아무리 죽어지냈다 해도요. 난 아무리 생각해도 그게 이해되지 않아요."

이렇게 묻고 싶었지만 승제는 묻지 않았다. 삼촌이지만 승제에겐 어려운 삼촌이었다. 원망하고 미워해서 더 어려운지도 몰랐다.

"아무리 우리 아빠가 삼촌을 위해 희생했다 하더라도……."

승제는 간신히 입을 열었다. 적과 싸우려면 적을 알아야 한다. 어쨌든 삼촌의 속마음을 알아야 했다.

"다시 말하지만 형은 나에게 아버지 같은 존재였단다. 나보다 머리도 더 좋았어. 그런데도 나를 위해 대학진학을 포기하고 말았지. 형은 정말 공부를 즐겼던 분이야. 내가 대학에 들어가던 해, 내가 형에게 물었지. 형, 왜 형은 자신의 삶을 포기하면서 나에게 이렇게 잘해주는 거야, 하고 물었지. 아버지가 돌아가시며, 그러니까 너의 할아버지가 돌아가시며 그때 중학교 3학년이던 형에게 초등학생이었던 나를 부탁했다는 거야. 앞으로는 니가 가장이다. 병익이는 네가 나를 대신해서 잘 돌봐야 한다 하고 유언을 남기셨대. 형은 아버지 뜻에 따른 거지."

승제는 고개를 끄덕이고 싶었지만 애써 냉정을 유지했다. 아무런 표정도 드러내지 않으려고 안간힘을 썼다. 삼촌에 대한 추억은 별로 없지만 할머니의 이야기를 들어보면 유난히 우애가 깊었던 형제라고 했다. 그렇더라도 이렇게 멋진 집을 지금껏 숨기고 있었던 것은 뭔가 이상했다.

'혹시 삼촌도 그 대목 일 하는 선배처럼 독신주의자?'

삼촌은 자신이 독신주의자라고 하지 않았지만 승제 혼자 그렇게 결론지었다.

'특별히 다른 가족들을 위해서 돈 쓸 일이 없고……그래서 아버지 같은 우리 아빠에게 최선을 다하는 건가? 돈은 있지만 다른 가족을 위해선 쓸 데도 없으니까. 아니지. 부자들 중에는 더 가지고 싶어서 없는 자의 것도, 자기 것이 아닌 것도 빼앗아가는 악한이 있다고 했어.'

이런 생각이 떠오르자 알 수 없었던 수수께끼가 슬슬 풀리는 기분이었다.

"저, 혹시 삼촌도 그분처럼 독신주의자세요?"

승제는 튀어나오려는 말을 꾹 눌러 삼켰다.

"승제야, 나는 할머니랑 너랑 여기서 살고 싶지만 그러려면 네가 전학도 해야 하고 해서 선뜻 그러자고 하지는 못하겠어. 중학교 2학년이긴 하지만 학교를 옮기는 것은 좀 더 신중해야 할 것 같아서. 네가 여기 안 온다면 넌 할머니랑 지금 아파트에서 살고 난 여기서 살고 싶어. 우리 가족을 위해 마련한 집이니까 잘 가꾸고 있다가 오고 싶을 때 오면 돼. 어머니가 좋아하는 수국 꽃밭도 만들며 기다릴 거야. 이제는 다른 사람에게 이 집을 맡기고 싶지 않아."

승제는 뭐라고 대답해야 좋을지 떠오르지 않았다. 믿을 수 있는 진심인지 아빠 것을 빼앗으려는 어떤 음모인지도.

다시 삼촌이 입을 열었다.

"이 동네가 유명한 교육 도시는 아니지만 특색 있는 중학교가 멀지 않는 곳에 있더구나. 네가 원한다면 자리가 있는지 내가 알아볼게. 서둘지는 말자. 지금 집에서도 승제는 잘 지냈고 공부도 꽤 잘했다고 들었다. 네가 결정해."

전학까지 누구 마음대로. 아빠 장례식에 오지도 않은 삼촌이 무슨 자격으로……승제는 남아있는 주스잔을 마저 비우고 나서 잠시 생각해 보았다. 새 학년이 된 지 이제 겨우 두 달이다. 아직 친구조차 사귀지 못했다. 1학년 때 삼총사 소리를 듣던 하성이와 병수는 각각 다른 반으로 가서 어느새 친구도 사귀고 절친이 생겼다며 인증샷을 SNS에 올리는 중이지만 승제는 새 학년이 되면서 더 병세가 심해진 아빠 때문에 병원을 쫓아다니느라 친구조차 사귀지 못했다. 이게 삼촌이 아닌 아빠 부탁이었다면 쉽게 마음을 정했을 것이다. 그러나 조심해야 할 삼촌이다. 승제는 삼촌의 속셈을 더 들여다볼 필요가 있었다. 그가 교묘하게 숨긴 발톱을 드러내도록 유인책을 쓸 필요가 있는 것이다.

"며칠만 시간을 주세요. 어떻게 하는 게 좋을지 생각해 볼게요."

승제는 미끼를 던지듯 슬쩍, 덤덤하게 말했다.

"그래. 천천히. 잘 생각하고 결정하렴. 집 구경할래? 아래층은 어머니가 쓰시고 나와 니 방은 2층이야. 올라가 봐."

삼촌은 주스잔을 들고 주방으로 들어가고 승제는 혼자 2층으로 올라갔다. 2층도 볕이 잘 들었다. 2층 베란다는 작은 온실처럼 꾸며져 있어서 늘푸른 나무들과 화초들이 잘 어울리게 배치되어 있었다. 꽃을 좋아하는 할머니가 보면 좋아할 공간이었다.

승제는 왼쪽 방문을 열었다. 책상과 노트북 컴퓨터. 그리고 적당한 크기의 침대와 붙박이 옷장. 텔레비전. 사람이 살지 않는 방이지만 학생 방이라는 걸 단번에 알 수 있었다.

'여기가 내 방이라는 걸까?'

사람이 살지 않지만 정성껏 준비했다는 느낌이 들었다. 벽지에서 커튼, 작은 가구 하나까지 조화를 이루며 안정된 분위기를 자아냈다.

승제는 그 방을 나와 건너편 다른 방을 열어보았다. 먼저 눈에 들어온 것은 한쪽 벽을 다 채운 책장이었다. 대부분 영어로 된 책들. 침대와 컴퓨터. 삼촌 방은 이미 사용하는 방 같았다. 어쩌다 가끔 귀국해서도 삼촌은 집에서 자는 일이 드물었다. 여기서 지내며 국내의 이런 저런 일을 했을 것 같았다. 풀지 않은 것 같은 캐리어가 두 개. 나란히 책장 앞에 세워져 있었다.

승제는 자기도 모르게 옷장 문을 열어보았다. 양복과 와이셔츠 넥타이가 걸려 있고 양말과 속옷도 잘 정리되어 있었다. 삼촌 방이고 지금 사용하고 있는 방이 분명했다.

'삼촌은 우리 집 대신 여기에 살고 있는 거야.'

승제 방과 달리 삼촌 방에선 베란다가 그대로 환히 보였다. 유리문을 열면 바로 베란다였다. 승제는 창을 열고 베란다로 나가 보았다. 잘 자란 식물들이 품고 있던 신선한 공기가 가슴 깊숙이 스며들어왔다.

어? 베란다 끝에 철 층계가 견고하게 놓여있었다. 승제는 조심스럽게 층계를 밟고 올라갔다.

"우와!"

옥상은 작은 정원처럼 꾸며져 있고 흔한 옥탑방 같지만 꽤 고급스러워 보이는 작은 건물이 고집스럽게 서 있었다. 승제는 삼촌에 대한 경계를 잊어버리고 그 건물을 보았다. 통유리 창이지만 짙고 두꺼운 커튼에 가려진 안은 뭔가 은밀한 비밀 장소처럼 보였다. 얼굴을 대고 안을 들여다보았지만 아무것도 보이지 않았다. 안으로 들어가는 문이 분명한 문에는 번호 키가 굳게 다문 마법의 입처럼 달려 있었다. 옥상의 그 건물은 묘하게 승제 마음을 사로잡았다.

'여기가 내 방이면 좋겠어.'

2층 방보다 옥탑방이 훨씬 마음에 들었다. 여기서 혼자 뭘 하든 자유롭게 지낼 것 같았다. 할머니도 아빠도 승제를 들볶고 억누르는 그런 어른이 아니었지만 승제는 옥상을 보는 순간 혼자 독립하고 싶은 욕구가 생겼다. 지금까지 느껴보지 못한 마음이었다.

'여기를 내 방으로 달라고 해 볼까?'

승제는 옥상에서 내려와 삼촌 방을 거쳐 2층 거실 소파에 앉았다. 소파 옆에 묵직하게 보이는 검정색 오디오 세트가 놓여있었다. 승제는 어린애가 호기심을 억누르지 못하는 것처럼 전원 버튼을 눌렀다. 그러자 여자 아나운서의 맑은 소리가 튀어나왔다.

"다음 곡은 서울 아람 어린이집에 근무한다는 김세나 님의 신청곡입니다. 베르디의 오페라 '나부코' 중에서 '히브리 노예들의 합창'입니다"

곧 웅장하면서도 먼 곳에서 들려오는 듯한 합창곡이 쏟아져 나왔다. 승제는 눈을 감았다. 알 수 없는 자신의 미래가 이 노래처럼 자신에게 다가오는 것 같았다. 특히 저 옥탑방. 옥탑방. 자신의 어디선가 진동이 느껴졌다. 그 진동이 온몸 전체로 퍼져 나갔다. 옥탑방. 옥탑방…….

03

불안한 영혼

며칠만 시간을 달라고 삼촌에게 말했지만, 승제는 이튿날 전학 간다고 담임선생에게 말해 버리고 말았다. 윤아 때문이었다.

서윤아. 윤아는 승제가 초등학교 때부터 좋아하는 아이였다. 나는 너를 좋아해, 하지는 않았어도 윤아도 승제가 좋아하는 걸 알고 있다고 믿고 있었다. 다른 아이들처럼 요란스럽지는 않아도 서로 생일선물을 챙겨 주었고 얼굴빛만 바뀌어도 '무슨 일이 있어? 학교에서 보니 표정이 안 좋아 보여'하고 문자를 주고받는 사이였다. 나는 너를 좋아해. 이런 분명한 의사 표시는 하지 않았어도 승제는 윤아도 자기를 좋아한다고 굳게 믿고 있었다. 초등 때 친구들도 모두 그렇게 알고 있었다.

그 윤아를 한동안 보지 못했다. 아빠가 위독하다 해서 병원에 다니는 사이 그리고 장례 때문에 학교에 가지 못하는 동안 윤아가 변하는 걸 승제는 모르고 있었다. 어떻게 지내는지 궁금했지만 상중이어서 문자를 보내지 않았다. 2학년이 되며 반이 갈리긴 했지만 윤아도 승제 아빠 소식을 모르지 않을 텐데 문자 하나 없었다. 초등 때 같은 반이었던 아이들은 여전히 단톡방을 통해 소식을 공유하고 있었다.

승제, 내 친구 힘내.

승제 힘내고 일어나 언제부터 학교에 올 거야?

네가 없으니 학교가 텅 빈 것 같아

다른 친구들이 이런 문자를 보내는 동안 윤아는 카톡 하나 없었다.

'윤아에게 무슨 일이 있나? 아픈가?'

이런 걱정을 하며 학교에 간 날이었다. 초등 때 같은 반이었던 도경이가 승제를 끌고 식당 뒤로 갔다. 점심을 먹고 나서였다.

"승제야, 카톡 봤어? Blue room."

Blue room, 푸른 방은 승제가 졸업한 푸른초등학교를 졸업한 친구들의 단톡방이었다.

"아니."

승제는 그제야 핸드폰을 꺼내 전원을 눌렀다. Blue room에 22개의 숫자가 떠 있었다. 승제는 무슨 일로 이 난리지? 하며 단톡방을 열었다.

Y-T 5일 기념사진? 카톡에는 윤아와 태범이가 머리 위로 하트를 그리고 활짝 웃는 모습이 올라와 있었다.

'이럴 수가! 윤아가 태범이랑? 설마…….'

사귄 지 5일째라는 사진을 보면서도 승제는 믿을 수가 없었다. 말하지 않아도 윤아는 자신의 맘을 알고 있으리라 조금도 의심하지 않았던 승제였다. 더구나 상대가 태범이라는 것에 승제는 아연실색했다. 하필 태범이라니…… 날라리로 이름을 날리며 늘 논다는 아이들 뒤꽁무니를 좇아다니기에 바쁜 태범이라는 것을 알만한 아이들은 다 알았다. 초등 6학년 때까지 나머지 공부에 늘 합류하던 것도 태범이가 어떤 아이인지를 잘 말해 주었다. 그러면서도 기가 죽기는커녕 제멋대로 말하고 행동하는, 한 마디로 비매너의 표본이 바로 태범이었다. SNS에는 5일 동안의 여러 가지 사연들이 시시콜콜 올라와 있었다. 윤아가 태범이에게 관심을 가지기 시작한 것은 진짜 보석 목걸이를 선물 받고 나서라는데 그 목걸이는 태범이 누나 것을 슬쩍한 것이라는 유치한 이야기도 올라와 있었다.

화장한 윤아의 다양한 사진을 태범이가 자랑스럽게 올렸다. 승제는 구역질이 났다.

'바보, 겨우 찌질이 태범이야?'

승제는 휴대폰 전원을 거칠게 꺼 버렸다. 그날 종례가 끝나자 승제는 비장한 걸음으로 담임에게 나갔다. 그러나 막상 입을 열어서는, 남의 이야기하듯 전학 이야기를 꺼냈다.

"선생님 저, 전학 갑니다."

꾸벅 고개를 숙이고 승제는 교실을 빠져나왔다. 승제야, 승제야…… 담임 선생님이 놀란 얼굴로 다급하게 불렀지만 승제는 돌아보지 않았다.

승제는 밤새 잠을 이루지 못했다. 자정이 넘었을 때까지 삼촌은 들어오지 않았다. 당분간 태릉집에서 잔다는 이야기를 들은 것 같다. 자정이 넘은 시간인데도 승제는 핸드폰을 살리고 문자를 보냈다. 삼촌 저 전학 갑니다. 되도록 빨리요. 내일이라도 좋아요. 그러고 나서 불루룸 단톡방을 삭제해 버렸다.

삼촌을 따라 새 학교로 가며 승제는 좀처럼 입을 열지 않았다. 교무실에서 새 교복과 교과서에 대한 안내를 받았다. 굳게 다문 승제 때문인지 삼촌은 승제 눈치를 보는 것 같았다. 승제의 전학 때문에 할머니는 엉겁결에 태릉 집으로 이사를 했다. 우선 급한 것만 삼촌 차에 실은 간단한 이사였다.

'승제에게 무슨 일이 있니?'

'모르겠어요.'

할머니와 삼촌은 틈만 나면 승제를 두고 무언의 대화를 나누었다.

사춘기에다 아빠를 잃은 충격 때문에 제정신이 아니라고 이야기하면서도 승제의 진짜 속내를 파악하지 못해 쩔쩔맸다.

전학 온 지 사나흘이 지난 화요일 오후였다. 학교 수업이 끝나고 집으로 갔을 때 할머니도 삼촌도 집안 정리를 하던 중이었다. 할머니는 주방 살림들을 정리하고 있었고 삼촌은 청소기로 거실 구석의 먼지를 훑어내고 있었다.

거실로 들어서는 승제를 보며 삼촌이 청소기를 끄고 허리를 펴며 말했다.

"승제야, 하교는 마을버스를 이용하고 등교는 내가 도와줄까? 마을버스가 있지만 아침은 바쁜 시간이잖아. 내가 데려다줄게. 하교도 도와줄 수 있어. 아침에는 내 차를 이용해. 백수일 때 많이 이용해라. 나 직장 다니면 그것도 못 해줘."

삼촌이 부러 덤덤하게 그러나 다정하게 말했지만 승제는 입을 열지 않고 2층으로 곧장 올라갔다. 그런 승제를 주방에서 나온 할머니가 안타깝게 올려다보았다. 삼촌은 말없이 입을 굳게 다물고 다시 청소기를 돌렸다. 할머니도 다시 주방 살림들을 정리하기 시작했다. 무겁고 깊은 한숨이 삼촌 귀에까지 들렸다.

"할머니! 내 방 물건들 누가 만졌어요?"

2층으로 올라갔던 승제가 타타타타 층계를 뛰어 내려오며 냅다 소리 질렀다.

"누가 내 상자의 물건들 치웠냐고요!"

승제의 두 눈이 붉게 충혈 되어 있었다.

"승제야, 무슨 상자? 네모난 종이 상자의 물건들? 그거 버릴 것들 아니었어? 헌 공책이랑 과자 봉지 같은 것도 있던데."

삼촌이 쩔쩔매며 말했다.

"왜 삼촌 맘대로 그걸 버려요. 아직 정리 중인 상자란 말이에요. 왜 삼촌 마음대로 내 물건에 손을 대요. 왜, 왜요?"

승제가 덤빌 듯이 삼촌에게 악다구니를 퍼부었다.

"승제야, 미안해. 난 그게 버리는 물건인 줄 알고."

"어디다 버렸어요? 어디다가요?"

"쓰레기 봉지에, 마당에 쓰레기 봉지에."

삼촌은 얼굴이 하얗게 질려 있었다. 승제는 후다닥 마당으로 나갔다. 마당 구석에 나무로 짠 쓰레기통이 있는데 뚜껑을 열자 커다란 생활 쓰레기용 봉지가 보였다. 삼촌이 버렸다는 승제 물건은 보이지 않았다. 승제는 허겁지겁 쓰레기를 헤치기 시작했다.

"아얏!"

쓰레기를 뒤지는 승제 손을 뭔가가 날카롭게 베었다. 승제는 후딱 손을 빼었다. 가운데 손가락에 피가 흐르고 있었다. 쓰레기 속에 숨어 있던 작은 컵 조각이 승제 손을 벤 것이다.

"에이 씨!"

승제는 눈물이 왈칵 쏟아졌다. 삼촌이 뭔데 내 물건에 함부로 손대. 승제가 어젯밤 정리한 종이상자에는 이런저런 잡동사니들이 잔뜩 들어있었다. 거기서 다시 보관해 둘 것만 추리다 다 끝내지 못하고 책상 밑으로 밀어 놓았다. 얼핏 보면 쓰레기를 모아둔 것 같지만 그 쓰레기 같은 것들 밑에 아직 확인 못한 것들이 남아있었다. 그게 얼마나 중요한 건지는 사실 승제도 다 모른다. 중요한 게 나올 수도 있지만 다 버려야 할 물건인지도 모른다. 그런데 삼촌이 그걸 버렸다는 것을 확인한 순간, 승제는 화가 치밀었고 거기 있는 모든 잡동사니가 대단한 보물처럼 여겨졌다.

승제는 피를 흘리며 비닐 쓰레기 봉지를 꺼내 마당에 쏟았다. 보란 듯이 그러고 싶었다. 피가 나는 손가락이 쑤시기 시작했다. 승제는 울며 발로 쓰레기를 헤치기 시작했다. 자기도 모르게 엄마, 아빠가 입에서 터져 나왔다.

"승제야! 이게 무슨 피니?"

할머니가 달려 나온 것은 그때였다.

"병익아!"

할머니는 놀라서 삼촌을 불렀다. 삼촌이 달려 나왔다.

"승제야, 이게 무슨 일이야?"

삼촌이 놀라서 승제 손을 잡으려 할 때 승제는 와락 삼촌을 밀었다. 원망과 설움이 실린 굉장한 힘이었다. 삼촌이 뒤로 나가떨어지며 엉덩방아를 찧을 때 그 옆에 있던 모과나무가 삼촌 머리를 쳤다.

"아니 애야!"

뒤로 넘어진 삼촌이 엉거주춤한 자세로 뒷머리를 쓰다듬었다. 삼촌 손에 피가 묻어 있었다.

"승제야! 너 어쩜 이러니? 삼촌이 뭘 잘못했다고 삼촌에게 이 행패야? 아무리 그래도 네가 삼촌에게 왜 이러니?"

"어머니 승제 잘못이 아니에요. 야단치지 마세요."

그날 승제가 찾은 것은 초등학교 4학년 때 담임 선생님이 만들어 준 '4학년 시대'CD와 6학년 때 찍은 현장 학습 사진이었다. 6학년 사진에서 윤아 얼굴이 보인 순간 승제는 그것을 북 찢어버렸다.

괜찮다는 삼촌은 병원에 실려가 두 바늘을 꿰맸고 승제는 소독과 밴드를 붙이는 것으로 끝났다.

"승제야 니가 쓰레기처럼 밀어 놓았으니까, 방청소도 제대로 안 했으니까 삼촌이 그걸 버리고 방청소도 한 거잖니. 어쩜 사람이 사람을 이렇게 상하게 하니?"

할머니는 계속 승제를 나무랐다.

"어머니 승제 잘못이 아니고 제가 잘못한 거예요."

삼촌은 그런 할머니에게 계속 같은 말만 했다. 승제는 삼촌도 할머니도 다 싫어졌다.

다행인 것은 승제 상처도 삼촌 상처도 빨리 아물었다. 승제는 말끔해진 손을 보며 입술을 깨물었다. 상처는 나았지만 마음속 분노는 더 깊어지고 있었다. 그렇게 승제를 야단치던 할머니도 상처가 빨리 아물었다면서 좋아했고 눈빛도 말투도 부드러워졌다. 식물을 좋아하는 할머니는 어느새 그 일을 잊었는지 꽃 가꾸는 재미에 빠져 쓰레기 사

건은 까맣게 잊은 듯했다.

"승제야, 힘들어도 삼촌 말 잘 듣고 우리 잘해 보자. 이제 삼촌이 아버지 대신이야."

하교해서 책꽂이 정리를 하는 승제를 들여다보며 할머니가 한마디 했을 때 승제는 버럭 소리를 질렀다.

"아빠 장례에도 오지 않은 삼촌이 무슨 아빠 대신이에요? 할머니도 정신 차리세요."

"승제야!"

할머니는 삼촌이 없는데도 삼촌 방을 힐끔 보며 어쩔 줄 몰라했다. 소리치고 나서 승제도 놀랐다. 내가 할머니에게 왜 이러나. 저 할머니 눈에 가득 찬 눈물 좀 봐. 다 삼촌 때문이다. 삼촌만 없었다면 이런 일이 안 생겼어. 할머니는 쏟아지려는 눈물을 감추려는 지 황급히 아래로 내려갔다.

할머니가 아래층에 내려갔다 해도 승제는 집에 있을 수가 없었다. 뭐라고 할 수 없는 마음이 속에서 들끓고 있었다. 점퍼를 꺼내 입고 아래층으로 내려와 운동화를 신기 시작했다.

"저녁때 다 돼가는 데 어디가? 삼촌도 곧 온다고 했어. 오면 저녁 먹을 거다."

할머니가 부엌에서 나오며 아무 일도 없었던 듯 그러나 잠긴 소리로 물었다.

"나갔다 올게요."

"어디 가게?"

"문방구에요. 볼펜 사야 해요."

승제는 할머니에게 버럭 소리를 지른 게 후회되었다. 삼촌에게 살갑게 대하는 할머니가, 삼촌 편을 드는 할머니가 서운하고 밉다는 생각도 들긴 했지만 삼촌은 할머니의 아들이다. 할머니에겐 나보다 더 가까운 게 삼촌이다. 아무리 삼촌을 경계하고 미워한다 해도 할머니에게 소리 지른 건 지나쳤다고 생각했지만 죄송하다는 소리가 나오지 않았다. 할머니 역시 승제 자신만큼 마음이 아프다는 것을 승제는 모르지 않았다.

해가 지기 시작한 낯선 동네를 승제는 길 잃은 짐승처럼 어슬렁거리다 마을버스에 올라탔다. 승제가 등교할 때 이용하는 버스였다. 승제는 다섯 번째 정거장, 승제가 전학한 학교 앞에서 내렸다. 학교와 집만 오갔던 승제는 학교 주변에 대해 아는 게 없었다. 승제는 학교 근처를 돌아다니며 가게의 간판들을 눈여겨보았다. 학교 근처는 좁은 골목들이 거미줄 치듯 이어져 있었다. 골목 안까지 걸어갔다 나오고 다시 다른 골목으로 들어가기를 반복하는 동안 학교 근처에 있는 학원과 분식점, 피자집, 치킨집을 보았다. 느릿느릿 돌다 보니 다시 학교 정문이 나왔다. 승제는 학교 담을 따라 또 걸었다. 학교는 바로 옆에 골목도 여럿 거느리고 있었지만 아파트도 끼고 있었고 도서관과 작은 공원 같은 녹지대도 바로 옆에 자리 잡고 있었다. 승제는 걷고 또 걸었다. 어느새 봄날이 저물고 있었다.

다시 교문 쪽으로 나와 골목 쪽으로 걸어갔고 다시 골목을 나와 다른 골목으로 들어섰다. 중요한 볼일이라도 있는 것처럼 승제는 긴장된 얼굴로 걸었다. 아직은 남의 동네나 마찬가지였다. 학교 근처에 학원들이 있어서 교복을 입은 승제 같은 중학생들과 자주 만났다.

골목이 끝나며 다시 큰 도로가 보이고 버스들이 즐비하게 달리는 게 보였다. 다시 돌아서서 되짚어 나가려던 승제는 고개를 돌리다 말고 한 곳을 올려다보았다.

배준호 드럼 스쿨. 하얀색 건물에 아무런 장식도 없이 붙어있는 '배준호 드럼 스쿨' 간판만 도드라져 보였다. 순간 승제 마음속에서 드럼 소리가 둥둥 울려 퍼지기 시작했다. 언젠가 아빠랑 본 영화 '위플래쉬(Whiplash)'의 장면들이 여러 드럼 소리와 함께 하나하나 떠올랐다. 영화의 장면들은 허공을 떠도는 종이배처럼 승제 눈앞에서 둥둥 떠다녔다. 승제는 숨이 막혀 서 있을 수가 없었다. 아주 기묘한 느낌이 승제 손을 부르르 떨게 했다. 승제는 자기도 모르게 가슴을 그러쥐었다. 숨이 쉬어지지가 않았다. 그 알 수 없는 느낌을 깨운 것은 차가운 빗방울이었다. 서서, 눈을 뜨고 꿈을 꾼 것 같은 기분. 그러나 무슨 꿈을 꾸었는지는 전혀 생각나지 않는……. 사람들이 우왕좌왕 움직이는 게 보였다.

"예보도 없었는데 갑자기 웬 비냐."

"저기 가서 삼각 김밥 먹자."

"좋아."

남자 중학생 서너 명이 가방으로 머리를 가리며 편의점으로 들어갔다. 승제가 본 배준호 드림 스쿨 맞은편의 편의점이었다. 승제도 편의점 안으로 들어갔다. 승제는 순서를 기다려 컵라면을 샀다.

뜨거운 물을 부은 컵라면을 들고 창가로 갔다. 좀 전의 아이들이 우적우적 삼각 김밥을 먹으며 왁자지껄 떠들어대었다. 내일 학교에서 수행 평가를 보는 모양이었다. 승제는 창가의 받침대에 컵라면을 놓고 선 채로 앞을 보았다. 비는 소나기였는지 잦아들고 있었다. 넓은 유리창에 드림스쿨 하얀 건물이 고스란히 보였다. 컵에선 라면 냄새가 솔솔 솟아 나왔지만 승제는 뚜껑을 열지 않았다. 라면이 다 불어 터지는 동안 승제는 하얀 건물을 지켜보았다. 딱히 무엇을 어떻게 하겠다는 마음은 없었다. 그러나 자기도 모르는 마음이 그 건물을 지켜보게 했다.

한 여자아이가 하얀 건물에서 나왔다. 승제는 하마터면 앞창에 이마를 찧을 뻔했다.

서윤아! 승제 입에서 소리 없는 비명이 터졌다. 나오지 않은 그 소리를 듣기라도 한 것처럼 여자애가 승제 쪽을 보았다.

'어? 아니다. 윤아가 아니야. 윤아가 아니야…….'

그러나 승제는 멍하니 여자애를 보았다. 윤아가 아닌 것은 분명하지만 윤아와 많이 닮아 있었다. 거기다가 서윤아보다 더 예쁜 얼굴.

여자아이는 승제 또래였고 생활복 비슷한 차림에 책가방을 어깨에 멨다. 화장기가 하나도 없는 얼굴이 승제 시선을 끌었다. 승제는 윤아가 화장한 얼굴을 싫어했다. 윤아는 다른 친구도 다 한다며 화장을 하고 싶어 했다.

윤아를 닮은 여자아이는 편의점을 보던 얼굴을 돌려 천천히 걷기 시작했다. 비는 완전히 그쳐있었다.

후다닥 승제는 편의점을 나왔다. 자기도 모르게 그 애의 뒤를 밟기 시작했다. 승제는 어떤 힘에 끌린 것처럼 휴대폰을 꺼내 시간을 확인했다. 오후 6시 35분. 6시 35분쯤 배준호 드럼 스쿨에서 나오는 여자아이. 윤아를 닮았지만 윤아는 아니고 더 윤아 다운 아이. 승제는 메모를 하듯 마음속에 그 아이와의 첫 만남을 정리했다.

여자아이는 승제가 들어왔던 골목을 되짚어 나가고 있었다. 학원 수업을 마친 듯한 아이들이 여기저기 음식점을 기웃거리며 시끌벅적 몰려다녔다.

여자아이는 학교 앞에서 길을 건너 마을버스 정류소에서 걸음을 멈추었다. 05번 버스가 달려와 멈추자 교복을 입은 아이들이 우르르 버스에 올랐다. 그 여자아이는 서두는 법도 없이 천천히 버스에 올랐다. 승제네 집 쪽으로 가는 버스였다.

버스는 아이들로 혼잡했다. 여자아이는 앞쪽에 서 있었고 승제는 여자아이가 잘 보이는 뒤쪽으로 가서 안 보는 척 여자아이를 지켜보았다. 승제네 동네. 승제는 내리지 않았다. 다음 정거장에서 아이들이 내리기 시작했고 두어 정거장 더 가자 버스는 빈자리가 생기기 시작했다. 여자아이는 앞자리에 승제는 뒷자리에 앉았다. 거리의 가로등 불빛이 점점 선명해지고 있었다.

버스는 사람을 내려놓기도 하고 다시 태우기도 하면서 달렸다. 어느 순간 버스에는 승제와 여자아이만 남았다. 종점이 다가오고 있다는 것을 알 수 있었다.

'이번 정거장은 목련 아파트 앞 다음 정거장은 이 버스의 종점인 노인 복지관입니다.'

버스 앞면의 안내판에 문자가 빠르게 지나갔고 안내 방송도 들렸다. 버스는 멎었고 여자아이가 내렸다. 버스는 다시 출발했다.

마을버스는 종점에서 승제를 내려주고 차고지로 들어가 버렸다. 승제는 길을 건너 다시 05번를 기다렸다. 버스를 기다리는데 핸드폰이 흔들렸다. 삼촌. 승제는 전화를 받지 않고 주머니로 넣어 버렸다. 배준호 드림 스쿨. 저녁 6시 35분. 05번 마을버스, 목련 아파트. 승재는 메모를 하듯 조금 전 일들을 마음에 정리해 나갔다. 다시 핸드폰이 진동했다. 승제는 받지 않았다. 진동이 멈추고 잠시 후 문자가 왔음을 알리는 흔들림이 짧게 이어졌다.

> 승제야, 어디니? 할머니 저녁 안 잡수고 기다리고 있다.
> 전화 부탁한다.

승제는 다시 마을버스 05번을 탔지만 삼촌의 부탁을 무시해 버렸다. 그동안 조금씩 지워진 줄 알았던 윤아에 대한 상처가, 아빠를 떠나보낸 상처에다가 삼촌에 대한 미움까지 오롯이 살아나며 승제를 흔들었다. 세상에 혼자만 남겨진 것 같은, 그러나 뭐라고 딱히 꼬집어 말할 수 없는 복잡한 마음으로 승제는 마을버스에서 내렸다. 어느새 건물들이 어둠에 묻히고 있었다. 할머니와 삼촌이 저녁을 차려놓고 기다리고 있었다.

"승제 왔니?"

늦게 들어간 승제를 보며 할머니가 짧게 한마디 했을 때, 삼촌이 작심한 듯 입을 열었다.

"승제, 너 전화 안 받고 문자도 답장 안 하고 어딜 그렇게 다니다 온 거니?"

삼촌 목소리를 듣는 순간 승제는 들고 있던 숟갈을 집어 내던지고 싶은 충동을 느꼈다. 삼촌이 뭔데, 삼촌이 나한테 뭔데 잔소리야. 승제는 안간힘을 다해 그 충동을 억누르며 밥만 꾸역꾸역 먹었다. 또다시 솟구치는 알 수 없는 분노와 깊이를 알 수 없는 불안. 윤아 얼굴이 빠르게 스쳐 지나갔다.

"승제야, 삼촌이 뭐라고 하는데 대답 좀 해라."

할머니가 한 마디를 더 보탰을 때 승제는 대답하지 않고 숟갈을 놓고 벌떡 일어섰다.

"승제야!"

"승제야!"

할머니와 삼촌이 다급하게 불렀지만 승제는 그대로 이층으로 올라갔다. 할 수만 있다면 있는 힘을 다해 소리치고 싶었다. 삼촌 없는 집에서 살고 싶었다. 뛰쳐나가 버리고 싶었다. 왜 윤아를 닮은 애까지 나타나…… 어느새 승제 마음 안으로 윤아를 닮은 아이가 들어와 자리 잡고 있었다.

승제는 점점 말이 없어졌다. 할머니와 삼촌이 전전긍긍하며 승제 입을 열어보려고 했지만 승제 입은 좀처럼 열리지 않았다. 승제의 얼굴은 점점 어두워졌다. 급기야는 아침을 거르기 시작했다. 일부러 거부하는 것처럼 보였다.

"승제야, 자꾸 아침 거르면 안 돼. 아침 먹고 가."

할머니가 아침마다 승제를 식탁으로 끌려했지만 승제는

"입맛이 없어요."

끊듯이 말하고 늘 맨입으로 학교로 향했다. 새로 구입한 삼촌의 승용차도 단호하게 거절했다.

"다섯 정거장밖에 안 되는데 무슨 승용차예요. 고아 주제에."

승제는 자신도 모르게 자꾸 엇나가고 있었다.

"승제야, 무슨 말을 그렇게 하니? 삼촌 무안하게."

삼촌의 얼굴이 붉어졌고 할머니는 어쩔 줄 몰라 했다.

"너에게 이 할미도 있고 아버지 같은 삼촌도 있잖니."

"아버지는 무슨."

승제는 운동화를 끌며 밖으로 나왔다.

'아빠!'

눈물이 찔끔 나왔다.

'괜히 전학 왔나 봐. 서윤아. 나쁜 기집애.'

예상 못했던 전학으로 친구들이 전화했지만 승제는 어느 누구의 전화도 받지 않았다. 깊이 알 수 없는 상실감과 불안이 승제 영혼을 날마다 흔들었다. 누군가와 실컷 이야기하며 떠들고 싶기도 했지만 또 아무하고도 말을 섞고 싶지 않았다. 삼촌에 대한 적개심은 점점 깊어졌다.

04

멜론과 갈치

학교 수업이 끝나도 승제는 집에 들어가기가 싫다. 혼자 학교 주변을 배회하고 공원에 들리기도 하고 학교 근처 작은 도서관에서 이런 저런 책을 뒤적인다. 그러다가 6시 30분이 되면 배준호 드림 스쿨 앞, 편의점으로 가서 그 여자아이가 나오기를 기다린다. 서윤아를 닮은 그 애는 다시 보이지 않았다. 그래도 승제는 가끔 6시 30분에 드림 스쿨 근처에서 그 애를 기다렸다.

'내가 왜 이러지?'

승제도 모르는 마음. 이제 다시는 오지 말아야지 하면서도 승제는 다시 그곳에서 서성거렸다.

"승제야, 왜 매일 늦니? 전화도 안 받고."

"도서관에서 공부하다 왔어요."

승제 때문에 저녁 식사 시간이 들쑥날쑥 이었다. 할머니가 걱정하고 삼촌이 말을 안 했지만 걱정하는 것을 알면서도 승제는 자신의 마음을 멈출 수가 없다. 가지 말아야지, 그 애가 뭐라고…… 이런 생각을 수없이 하면서도 발길을 끊을 수가 없었다.

어떤 날은 아무리 기다려도 나오지 않아 모란 아파트까지 다녀온 일도 있었다. 아파트 안 여기저기를 다니며 그 애를 찾았지만 그 애는 보이지 않았다.

'윤아야…….'

어쩔 수 없이 윤아 생각이 났다. 나쁜 계집애, 넌 마귀할멈이야. 온갖 욕설을 마음속에 쌓으면서도 자기도 모르게 윤아를 생각했다.

삼촌은 승제가 입을 닫고 좀처럼 입을 열지 않았지만 승제에게 꾸준히 대화를 시도했다. 승제가 못 들은 체 해도 아무런 내색 없이 덤덤하게 말했다.

승제야, 삼촌 제주도에 다녀오마.

우리 고씨 집안에 혼사가 생겼는데 어머니를 대신해서 대표로 가는 거야.

내려간 김에 며칠 있다 오려고.

어머니랑 잘 지내고 있어.

삼촌 카톡이 길게 이어졌다.

저녁 비행기에 탑승했다며 또 카톡이 날아왔다.

'가든지 말든지 뭐.'

승제는 언제나처럼 답장하지 않았다. 왜 삼촌은 아빠도 아니면서 아빠처럼 굴지 못해 야단일까. 그런 삼촌이 점점 싫어졌다. 정말 우리 아빠의 재산이라도 노리는 걸까? 승제는 그날 저녁을 먹으며 어렵게 입을 뗐다. 삼촌의 실체를 분명하게 알고 싶었다.

"할머니, 전에 살던 우리가 살던 집, 이제 누가 살아?"

속뜻을 숨긴 채 문득 생각이 났다는 표정이다.

"글쎄. 필요한 것도 더 빼 와야 하고. 이제 그 집이 필요 없으니 팔까 생각한다."

"아빠 집을 팔려고요?"

승제는 화들짝 놀라며 할머니를 보았다. 하마터면 젓갈을 떨어뜨릴 뻔했다.

"팔아야 하지 않겠니? 삼촌도 그게 좋겠다 했거든."

"안돼요. 그 집 아빠 집이지요?"

승제는 애써 침착하려 식탁 밑에서 손을 비볐다.

"그래. 니 아빠 집이지."

"팔지 마세요. 그건 아빠 집이잖아요."

"이 집도 있는데 그 집은 파는 게 좋지 않겠니?"

"이 집은 삼촌 집이지 제집이 아니잖아요."

승제는 참지 못하고 속내를 드러내고 만다.

"할머니도 삼촌 편인 거 알아요. 그래서 삼촌 편에서 말씀하시는 거잖아요. 괜히 여기 왔나 봐요. 그냥 아빠 집에서 살걸."

승제 마음은 어느새 격양되어 있었다. 삼촌에게 뭐라고 할 수 없으니 할머니에게 대든 것인지도 모른다. 아니 삼촌이 앞에 있었으면 더 했을지도 모른다.

그냥 할머니랑 살다가 어른이 되면 그 집을 내 집으로 바꾸면 될 것을…… 승제는 애써 참는다.

"승제야, 이 집 하나로 부족해서 그래?"

할머니 얼굴에도 다른 표정이 드러났다.

"이 집은 삼촌 집이잖아요."

승제는 차마 삼촌이 아빠 집을 빼앗아 갈 거라는 말은 입에 올리지 못하고 계속 같은 소리만 되풀이했다. 할머니가 멍하니 승제를 보았다. 얘가 언제 이렇게 변해 버린 걸까. 허긴……. 어느새 승제는 부들부들 떨고 있었다.

"승제야, 너 왜 그러니? 삼촌이 이 집 너 준다 했어."

"할머니는 그 말을 믿으세요? 이 집은 삼촌 거지 아빠 집이 아니잖아요."

"얘가 갑자기 왜 그러니? 삼촌이 그렇게 싫어?"

"네. 괜히 여길 왔어요."

승제는 벌떡 일어나 자기 방으로 올라가 버렸다. 할머니가 설거지도 못 하고 식탁에서 혼자 울기 시작했다.

"승제야, 승제야……."

할머니는 맘 놓고 울지 못했다. 손으로 입을 틀어막으며 어깨를 들먹였다. 그 날 승제도 할머니도 잠을 이루지 못했다.

새벽녘에 겨우 눈을 붙였지만 꿈이 깊은 잠을 방해했다.

할머니는 꿈에 승제 아빠를 만났다.

"아범아, 우리 승제 어떵허믄(어떻게 하면) 좋고이(좋을까)?"

할머니 입에서 나온 제주도 말은 근심이 뚝뚝 묻어있었다. 승제 아빠는 고개만 푹 숙이고 눈물을 뚝뚝 떨어뜨렸다.

승제 꿈에선 삼촌이 승제와 아빠 사이를 가로막았다.

"아빠! 아빠! 비켜요! 비켜!"

소리칠수록 아빠 몸은 점점 작아지고 삼촌 몸만 점점 커졌다. 승제 힘으로 도저히 어떻게 할 수가 없다.

승제는 그날 이후 할머니 얼굴을 제대로 보지 않았다. 할머니도 삼촌 편이라는 것은 분명해졌다. 할머니도 삼촌이 하자는 대로 할 게 뻔했다. 자꾸 조바심이 났다.

승제는 그날도 말없이 저녁을 먹고 자기 방에 올라와 얼마전 보았던 윤아를 닮은 여자애를 떠올리고 있었다. 그 생각을 방해하듯 똑똑 문 두드리는 소리가 났다.

"승제야, 좀 내려올래?"

할머니였다. 할머니는 요즘 승제에게 더 조심스럽다. 문을 열어보지도 않고 말만 전한다. 그러는 할머니가 승제는 더 서운하고 서먹하다. 아무리 할머니가 삼촌 편이라 해도 할머니는 그래도 다르겠지, 하는 마음이 승제 한 켠에 남아 있었다. 믿을 사람은 할머니밖에 없는데 할머니가 자꾸 멀어져 가고 있었다. 승제는 그게 너무 서운하고 안타깝다. 아빠가 살아있을 때 할머니는 아빠보다 승제를 더 위했다.

승제는 말없이 아래층으로 내려갔다.

거실 탁자에 승제가 좋아하는 멜론이 소담스럽게 깎여 놓여있었다. 아빠가 살아 계실 때 승제가 멜론 이야기를 하면 비싸다고 잔소리를 늘어놓던 할머니였다. 멜론 옆에 초코케이크 두 조각도 놓여있었다. 모두 승제가 좋아하지만 비싸다고, 생일 때나 내놓는 것들이었다.

"무슨 일이예요? 깍쟁이 할머니가 멜론을 다 사 오고."

승제는 할머니와 어색해진 분위기를 풀려고 먼저 입을 열었다. 한 집에서 원수처럼 지낼 수는 없는 일이었다.

"난 여전히 구두쇠야."

할머니가 빙그레 웃으며 메론 한쪽을 포크에 찍어 승제에게 내밀었다.

"근데 이건 뭐예요?"

"삼촌이 한 박스 택배로 보냈어."

"그게 무슨 소리야. 삼촌이 보내다니?"

승제 눈빛이 날카로워졌다. 할머니가 집어 준 멜론 조각을 그대로 내려놓았다. 할머니의 얼굴이 굳어지며 어두워졌다.

"승제 네가 요즘 아무것도 잘 안 먹으니까 뭘 좋아하느냐고 묻더라. 우리 승제 멜론하고 초코케이크 좋아한다니까 그거라도 실컷 먹이라고 택배 주문을 했구나. 케이크 맘껏 먹이라고 부탁도 하고. 깍쟁이 할머니 노릇 그만하라고 신신당부했어. 승제, 네가 삼촌을 싫어하니 일부러 제주도 내려간 거야."

"우리 집을 대표해서 집안 행사에 갔잖아요."

승제는 카톡 문자를 떠올리며 불퉁스럽게 대꾸했다.

"본래 계획은 내가 내려갈 생각이었지. 너도 아는 고 교장네 집안에 혼사가 생겨 내려가야 하는데 내가 내려가고 승제랑 둘이만 있으면 승제가 아무것도 안 먹을 거라고 자기가 내려간다 하더구나. 승제 요즘 아무것도 잘 먹으려 하지 않는데 나보고 승제 잘 챙겨 먹이라고."

"칫, 자기가 뭔데 그런 소리를 해요. 아빠 떠날 때도 안 온 사람이."

"승제야, 그럴 만한 사정이 있었나 보더라. 이제 그만하고 삼촌 봐주면 안 되겠니?"

"아빠를 아버지처럼 생각한다면서 어떻게 그럴 수 있어요. 그러면서도 아빠 노릇을 하려고 하잖아요. 자기는 독신주의자면서."

"독신주의? 삼촌이 그러디?"

할머니 얼굴이 더 심하게 굳어졌다.

"아뇨. 제 생각이에요."

승제는 아닌가? 했다. 허긴 할머니는 올드하니까, 독신주의를 이해하지도 못할 거다.

"승제 네가 무엇 때문에 그런 소리를 하는지 모르지만 삼촌 독신주의는 아니다. 아주 열렬히 사랑했던 여자가 있었단다."

할머니는 애써 힘주어 말했다.

"어? 그래요? 삼촌도 그런 사람이 있었어요? 사랑 따위는 모르는 돌부처 같던데."

"내가 어린 너를 앉히고 무슨 소리를 하는지 모르겠다. 그 이야긴 그만하자꾸나."

할머니 어두운 얼굴에 스산한 그림자가 스쳐 지나갔다. 승제처럼 어린 눈에는 보이지 않는 그림자였다. 할머니는 애써 말을 돌렸다.

"이거나 어서 먹거라. 힘든 삼촌 들먹이지 말고."

애써 침착하려는 할머니 얼굴에서 승제는 지금껏 보지 못한 깊은 회한을 본 것 같았다. 삼촌에 대해 더 듣고 싶었지만 그런 할머니에게 더는 묻지 않았다. 뭔가 자신이 잘못하고 있다는 느낌이 들었다. 그게 무엇인지는 모르지만 지금 할머니는 나 때문에 힘들고 삼촌 때문에 힘들다……. 삼촌이면 모를까, 승제는 할머니를 슬프게 하고 싶지 않았다. 설령 할머니가 삼촌 편이라 해도 할머니가 아빠를 얼마나 끔찍이 생각했었는지 잘 안다. 할머니가 삼촌 편을 들었지만 확실한 건 더 두고 봐야 한다. 승제는 삼촌을 위해서가 아니라 할머니를 위해 멜론을 집어 입에 먹었다. 간절히 바라던 맛과 향이 입안에 퍼지며 조금 전 무겁고 어색했던 마음이 멜론 향 속으로 사라져 버렸다. 승제는 굶주렸던 아이처럼 멜론과 초코케이크를 씹지 않고 집어삼켰다. 이상한 일이다. 단지 멜론과 초코 케이크를 배불리 먹었을 뿐인데 마음이 편해졌다.

"참 할머니 아까 삼촌이 나 때문에 제주도에 갔다는 이야기는 뭐예요? 정말이야?"

"응. 내가 가려고 하던 참인데 자기가 있으면 우리 승제 아무것도 안 먹을 거라고 내려간 김에 며칠 있다 온다고 했어. 자기가 없어야 승제 마음이 편할 거라고. 그러니 삼촌 그만 괴롭혀."

할머니는 어느새 평정을 되찾고 안온한 얼굴로 말했다.

"내가 언제 삼촌을 괴롭혔다고 그래."

"내 눈에는 우리 승제도 불쌍하지만 니 앞에서 죄인처럼 쩔쩔매는 삼촌도 안됐어. 니 보호자가 되려고 그 좋은 자리 다 박차고 들어왔는데."

"삼촌이 뭘 쩔쩔매요. 안 그래. 그리고 나 때문에 들어온 온 것만은 아니에요. 이 집을 관리해 주던 삼촌 친구, 그 선배가 더 이상 집 관리를 해주지 못하겠다 했대요."

"그 얘긴 나도 들었다. 그러나 너 때문에 들어온 거는 맞아. 형도 없는데 늙은 나에게만 너를 맡길 수 없었대. 니 삼촌 입도 짧은데 제주도 가서 배나 곯지 않는지 모르겠다. 입 짧은 거는 어찌 그리 똑 닮았는지."

"내가 삼촌 닮았어?"

"아, 아니다. 그만두자."

할머니가 서둘러 입을 닫으며 접시들을 치우기 시작했다. 멜론과 초코케이크를 승제 혼자 다 먹은 셈이었다. 죽은 줄 알았던 입맛이 그대로 살아있었다.

"할머니 나 잠깐 나갔다 와도 돼?"

"이 저녁에 어딜?"

"배가 불러서 슬슬 산책하고 올게요."

"얼른 들어와."

승제는 마을버스 05번을 타고 모란 아파트 앞에서 내렸다. 주위를 살피며 모란 아파트 안으로 들어간 승제는 아파트 안을 여기저기 돌아보았다. 처음 길은 아니다. 승제는 자기도 모르게 마을버스를 타고 이곳까지 올 때가 있었다. 아파트 안을 이리저리 다니며 여자아이를 찾았지만 그 애는 어디에서도 보이지 않았다. 학교에서도 찾아보았다. 다른 반 여학생도 지나가면 유심히 보았지만 그 애는 보이지 않았다. 이제 승제는 이 아파트 안이 낯설지 않다.

17동 옆 놀이터까지 온 승제는 놀이터 뒤로 이어진 숲길로 올라갔다. 아파트 안의 작은 숲에는 간단히 운동기구와 나무 벤치도 여기저기 마련되어 있었다. 가로등이 세워져 있었지만 구석구석까지는 밝히지는 못했다. 승제는 깊숙한 곳으로 들어가 나무 벤치에 앉았다. 그때였다. 승제가 앉아있는 곳보다 더 높은 곳에서 어떤 기척이 들렸다. 승제는 자기도 모르게 기척이 들리는 쪽으로 소리 없이 다가가 몸을 숨기고 귀를 바짝 세웠다.

"오빠, 학원에 가 봐야 해. 오늘 새로운 수강생이 온다고 했어. 조금만 늦어도 아빠한테 혼나."

"조금만 더 있다 가."

"안 돼. 이러지 마."

"어때? 우린 결혼할 사이잖아."

"결혼하려면 멀었잖아."

"은화야 제발."

"놔, 안 돼!"

"제발 은화야!"

승제가 귀를 기울였지만 더는 아무 소리도 들리지 않았다. 뭔가 미세한 숨소리가 들렸다. 승제는 숨이 막힐 것 같았다. 가슴이 뜨거워지며 온몸에 열이 오르기 시작했다.

승제가 뜨거워진 몸을 어쩌지 못해 쩔쩔매는 동안 그들이 숲 밖으로 나가는 소리가 들렸다. 승제는 나무 그늘로 몸을 숨기고 그들의 모습을 지켜보았다. 여자는 중학생 정도였지만 남자는 어른 같았다. 날렵한 몸으로 봐선 고등학생 같기도 했다.

"오빠 먼저 내려가."

"그래."

남자가 후다닥 내리막을 뛰어 내려갔다. 여자애는 옷매무시를 가다듬더니 천천히 내려갔다. 앞서 뛰어가는 남자의 뒷모습을 보며 속도를 조절하는 듯했다.

'아니!'

그 애였다. 서윤아를 닮은 그 애. 승제는 자기도 모르게 그 애 뒤를 조심스럽게 밟았다. 뜨거웠던 몸은 어느새 식어 있었다. 분명히 그 애였다.

'은화라고 했지?'

여자애는 12동 안으로 사라져갔다. 은화. 모란 아파트 12동. 승제는 가슴 안으로 찬바람이 불어오는 걸 심하게 느꼈다.

꽃과 나무가 있는 집은 봄이 무르익고 있었다. 할머니와 승제만 있는 넓은 집. 승제와 할머니만 있는 한적한 집. 집 안은 늘 고요했다. 삼촌이 보냈다는 멜론은 며칠 동안 계속해서 나왔고 까다롭고 짧은 승제 입을 위해 할머니는 생선구이를 바꾸어가며 식탁을 차렸지만 승제는 밥보다 빵이 좋았고 특히 초코케이크나 치즈케이크 같은 것을 찾았다.

제주도로 갔다는 삼촌은 일주일이 지나도 나타나지 않았다. 승제가 카톡을 받고도 답장을 안 해서인지 그 후로는 문자도 전화도 하지 않았다.

봄비가 부슬부슬 내리는 저녁이었다. 집에 와보니 할머니가 부엌에서 저녁을 차리고 있었다. 먹음직스러운 갈치구이였다. 아주 크고 넓은 갈치. 할머니가 이렇게 비싼 갈치를 사 올 리가 없다. 승제처럼 할머니도 생선을 좋아하지만 늘 생선이 비싸다고 투덜거렸다. 승제 입맛을 위해서만 가끔 지갑을 열었는데 이처럼 크고 좋은 갈치는 처음 본다.

'삼촌이 왔나? 그렇지 뭐. 손자보다 아들을 더 생각하겠지.'

승제는 내심 서운하면서도 티를 내지는 않았다. 아빠가 돌아가시고 나자 할머니는 삼촌을 대하는 게 더 애틋해졌다. 서운하지만 아들과 손자니까 어쩔 수 없다고 생각했다. 그런데 손을 다 씻고 식탁 앞에 앉았는데도 삼촌은 내려오지 않았다. 승제는 먹음직스러운 갈치를 빨리 먹고 싶었다.

"할머니, 삼촌 내려오라고 할까요?"

승제는 참지 못하고 입을 열었다.

"삼촌? 삼촌이 어디 있는데?"

"이거 삼촌 왔다고 사 온 갈치 아니에요?"

할머니가 된장국을 떠 놓으며 혀를 찼다.

"이렇게 인정머리 없는 애를 뭐 하러 위해 바치나 몰라. 삼촌이 어디 있어. 제주도 갔잖아."

"네? 그럼 이 손자를 위해서 이 비싼 갈치를 사 오셨단 말이에요?

난 할머니의 끔찍한 아들도 아닌데?"

"빌어먹을 놈. 삼촌이 너 먹이라고 최고로 좋은 은갈치로 사서 택배로 부쳐온 거야."

"예?"

승제 얼굴이 순식간에 굳어졌다.

"승제야 너, 너무 그러지 말아. 너도 불쌍하지만 너 때문에 집에 오지 못하고 배를 곯을 병익이 생각하면 가슴이 미어진다. 이제 하나 남은 아들인데."

할머니 눈에 이슬이 맺혔다.

"이거 삼촌이 보낸 거라고요?"

"그래, 이 못된 놈아. 너 너무 그러면 벌 받는다. 내가 살면 얼마나 살겠니. 나 없으면 삼촌에게 의지해서 살아야 하는데."

할머니는 끝내 눈물을 흘렸다.

"어서 먹자. 다 식겠다."

05

뻐꾸기시계가 뻐꾹 뻐꾹 뻐꾹

잠이 오지 않았다. 정말 삼촌에게 너무 하는 건가? 정말 나 때문에, 집에 오지 못하는 걸까? 이런저런 생각을 하다가 승제는 가만히 일어나 삼촌 방으로 건너갔다.

넓진 않지만 아담한 방. 컴퓨터, 책장 가득 꽂혀있는 책들. 책상 서랍은 깔끔하게 정리되어 있었다. 승제 시선이 베란다로 건너갔다. 할머니가 오며 더 싱그러워진 식물들이 꽉 어우러진 작은 식물원. 승제는 베란다 불을 켜고 옥상으로 오르는 계단을 밟기 시작했다. 규모가 크지 않지만 견고한 성처럼 버티고 있는 옥탑방. 승제는 핸드폰 불을 켜고 번호키를 눌러보았다. 삼촌 핸드폰 번호. 문은 열리지 않았다. 삼촌은 여기에 무엇을 숨겨 둔 것일까. 승제는 이것저것 번호를 눌러 보았다. 번호키는 열리지 않았다.

승제는 자기 방 침대에 엎드려 핸드폰을 보았다. 삼촌 카톡을 열자 지난번 승제가 받았던 문자들이 그대로 남아 있었다.

> 삼촌 정말 나 때문에 그렇게 오래 제주에 머무르는 건가요?

> 설마요.

> 갈치는 잘 먹었어요

> 그냥 돌아오세요

> 내가 삼촌을 좋아하진 않지만 여긴 삼촌 집이잖아요. 내가 주인을 쫓아낸 셈이네요.

승제는 마음속으로만 썼지 실지로 쓰지는 않았다. 할머니의 말을 듣지 않았다면 좋았을 것이다. 승제는 마음이 불편했다.

"……내가 살면 얼마나 살겠니. 나 없으면 삼촌에게 의지해서 살아야 하는데."

할머니의 이 말이 사라지지 않고 마음속에서 어지럽게 돌아다녔다. 자신이 혼자라는 자각과 함께 할머니마저 떠나가면 어떻게 하나. 하는 절박감이 가슴 저리게 다가왔다.

"할머니, 안 돼. 엄마 아빠도 없는데 할머니가 오래 살아야지. 할머니가 늘 말했잖아. 내가 장가가서 아기 낳으면 할머니가 키워준다고. 그러니까 오래오래 살아야 해. 할머니."

승제는 잠꼬대를 하다가 벌떡 일어났다. 핸드폰을 들여다보다 잠이 들었던 것이다. 꿈에 할머니는 스스로 관 속으로 들어가 누웠다.

"할머니, 오래오래 살아야 돼."

잠꼬대로 했던 말을 중얼거리다가 승제는 베개를 가지고 방을 나왔다. 할머니가 깰까 봐 조심조심 계단을 밟았다. 오늘은 할머니 곁에서 자야겠다고 생각한 것이다. 승제는 아빠가 계실 때 가끔 그랬다. 번개 치는 밤, 무서운 꿈을 꾼 날 승제는 베개를 들고 아빠! 하며 불 꺼진 아빠 방문을 열곤했다. 이상하게도 아빠는 승제가 아빠 방에 들어가면 아무리 깊은 밤의 어둠 속에서도

"왜 잠이 안 와? 이리 와."

하며 기다렸다는 듯 침대 한쪽을 내주었다.

"아빠, 무서운 꿈 꾸었어."

승제는 아빠 품을 파고들었고 아빠는 그런 승제를 꼭 품어 주었다.

승제는 천천히 아래층으로 내려갔다. 아주 희미한 조명등이 켜져 있는 할머니 방문을 열려고 할 때였다. 방 안에서 할머니의 소리가 들렸다.

"병익아, 그만 돌아와라. 승제 얼굴 직접 보면서 마음을 다독여야 해. 승제, 그렇게 모진 아이 아니다. 그만 올라와. 니가 키운다고 했잖니. 그렇게 피하지 말고 잘 키워라. 널 생각하면 가슴이 무너진다. 이

제는 너 때문에 내가 죽을 것 같구나."

할머니의 목소리는 어느 때보다 간절했다. 그런 할머니 곁에 가서는 안 될 것 같았다.

그래, 잘 생각했어. 하듯 거실 벽의 뻐꾸기시계가 뻐꾹뻐꾹뻐꾹 세 번 울었다. 새벽 3시에 통화하는 할머니와 삼촌. 왜 이런 시간에 통화해야 하는 걸까. 날이 새려면 멀었다. 승제는 다시 천천히 고양이처럼 2층으로 올라갔다. 삼촌은 정말 나 때문에 안 올라오는 걸까? 이기적이고 자기밖에 모르는 삼촌이라고 생각했는데 삼촌에게 그런 면이 있다는 게 이외였다.

눈을 감고 잠을 청하려는데 멀리서 흐느낌 같은 게 들려왔다.

'할머니가 우나?'

승제는 가만히 일어나 문밖으로 나왔다. 분명 할머니 울음소리였다.

"병익아, 너까지 왜 그러니?"

할머니가 소리를 죽이며 울고 있다. 승제 가슴이 쿵 무너진다. 엄마 아빠도 없는데 할머니마저 저러다……승제 눈시울이 뜨거워졌다.

'삼촌 때문이야.'

승제는 또 삼촌이 밉다. 할머니의 울음소리가 귀에 쟁쟁 감겨든다. 승제는 잠을 설치고 무거워진 몸으로 책가방을 챙겼다. 삼촌이 더 미워진다. 할머니를 위해서 삼촌을 부를 수밖에 없다. 학교에 가기 전에 카톡을 보냈다.

할머니 힘들게 하지 말고 빨리 올라
오세요. 나 신경 쓰지 마세요.

승제는 학교로 가며 몇 번이나 휴대폰을 확인했지만 삼촌은 승제 문자를 읽지 않았다.

'뭐야, 짜증나게.'

승제는 학교에 가서도 삼촌의 답장을 기다렸다. 은근히 신경이 쓰였다. 점심 시간이 지나고 5교시는 담임의 국어. 승제 신경은 온통 휴대폰에 가 있었다. 5교시가 끝나고 화장실로 달려가 휴대폰을 꺼냈을 때 기다리던 문자가 찍혀 있었다.

미안하다. 니 보호자 노릇을 제대로 못해 주어서.
저녁 비행기로 올라갈게.

뭐야, 어린애처럼……. 짜증나는 삼촌이다. 어휴. 승제는 휴대폰 전원을 아예 꺼 버렸다.

저녁 비행기로 서울에 온 삼촌은 깡마른 얼굴로 할머니를 슬프게 했다.

'뭐야, 저 얼굴. 마치 죄인 같은 얼굴로 나타나 또 할머니 속을 긁잖아.'

승제가 좋아하는 갈치만 두 박스나 사 가지고 왔다.

'짜증. 가증스러워.'

승제는 저녁 식탁에 오른 갈치에 눈을 주지 않았다. 삼촌 때문에 식성이 바뀔 것 같았다.

삼촌이 제주도에서 올라왔지만 승제는 삼촌에게 다가가지 않았다. 할머니가 조마조마한 얼굴로 두 사람을 지켜보고 있었다. 승제 마음은 무겁고 답답했다. 누군가에게 자신의 이야기를 하고 싶었다. 말이 되어야 할 것들이 마음에 쌓여가고 있었다. 그런 마음을 받아 준 것은 다이어리였다. 짧은 일기. 누군가에게 털어놓아야 할 무거운 것들, 그러나 쉽게 말하지 못하는 것들이었다.

집에 들어설 때마다 남의 집에 온 것 같다.
집이 텅 빈 것 같은 느낌
넓은 집에 나 혼자인 것 같아.
할머니가 계시고 삼촌이 있지만 나는 언제나 혼자인 것 같다.

서윤아 나쁜 계집애- 말미잘, 바보 똥개, 정말 보고 싶지 않아

은화 은화 은화 모란 아파트

학교를 마치고 집에 와 보니 마당 구석과 옥상에서 사람들이 일하

고 있었다. 삼촌이 그들 속에 섞여 있었다. 승제는 주방에서 음식을 만드는 할머니에게 물었다.

"할머니 마당과 옥상에서 뭐 해요?"

"물탱크 만드는 중이야. 앞으로 빗물을 받아서 마당에도 주고 옥상에도 야채밭을 만든단다."

"삼촌 아이디어야? 그 공사비가 얼만데? 그거 낭비 아니에요?"

"나도 그렇게 생각했는데 그게 아니래."

"산성인 빗물을 받아서 뭐 한다고. 빗물 해롭잖아요."

할머니가 부침개를 뒤집으며 크크 거렸다.

"승제야, 나도 그렇게 말했다가 혼났어."

"왜 맞잖아요."

할머니는 일꾼들을 위해 음식을 만든다고 했다.

일은 일주일 만에 끝났다. 옥상에도 마당 구석에도 물탱크가 자리 잡았다. 비는 빗물 수집판에 내려 물탱크에 모여지도록 설계되어 있었다. 옥상 한쪽에 텃밭도 만들어졌고 사피니아 같은 꽃모종도 새로 들여왔다.

'할머니 저 방에는 뭐가 있어요?'

승제는 옥상에 올라갈 때마다 그게 궁금했지만 이상하게 입이 열리지 않았다.

06

외로운 늑대

학교 울타리에는 갖가지 장미가 만개해 있었다. 화단에는 붓꽃 종류의 여러 가지 꽃들이 활짝 피어났다.

"땡! 이제 끝이다!"

중간고사가 끝난 금요일. 아이들은 정답 맞추기에 분주했지만 승제는 주섬주섬 책가방을 챙겼다. 새 학교에서의 중간고사는 최악이었다. 이렇게까지 하고 싶지 않았는데 제대로 본 과목이 하나도 없었다. 삼촌 때문이야. 이왕 내려갔으면 시험이나 끝나고 오지. 승제는 '빨리 올라오라'고 자신이 보낸 문자도 잊고 삼촌에게 시험을 망친 화살을 돌렸다.

정답 확인을 마친 아이들이 환호하기도 하고 비명을 지르기도 하며 교실을 빠져나가기 시작했다. 승제도 천천히 가방을 챙겼다. 문득 아빠 생각이 났다.

"승제야, 너에게 일등 해라 강요하진 않겠어. 그러나 잘할 수 있는데 안 하는 것은 자신에게 죄를 짓는 거야. 자신에게 부끄럽지 않다면 꼴등도 좋아. 나는 이제 너를 믿을게."

언젠가 엉망인 수학 시험지를 내밀자 아빠가 덤덤히 말했다. 승제는 지금 그 시험지를 받은 기분이다.

교실을 나오려는데

"야, 고승제 우리 노래방 갈 건데 같이 갈래?"

"그래, 외로운 늑대도 같이 가자."

창가에 붙어있던 다른 아이가 말했다. 시험이 끝나서 뭐라도 하고 싶은 얼굴이었다.

외로운 늑대. 승제 반 아이들 모두가 아는 승제 별명이다. 하루 종일 입을 열지 않던 승제가 체육 시간 농구 게임 때 바람처럼 펄펄 날며 득점하는 모습을 보고

"어마 재 좀 봐. 완전이야. 외로운 늑대였어."

하고 호들갑을 떨던 오세란 때문에 생긴 별명이었다. 승제는 대답하지 않고 가방을 챙겼다.

"야, 고승제!"

호기가 달려 나와 승제 앞길을 막았다.

"같이 가자. 너 노래 잘하는 거 알아. 가창 시험 때 끝내주더라. 같이 가. 오늘 너의 숨긴 얼굴을 다 보여줘."

농구 잘하고 노래 잘하는 외로운 늑대. 음악 가창 평가를 치른 날 승제 별명은 더 길어졌다.

"그래. 같이 가자."

승제는 아이들에게 떠밀려 노래방까지 갔다. 승제까지 모두 네 명. 노래할 마음이 없었지만 어쩜 삼촌이 있을지도 모르는 집에 대낮부터 들어가고 싶지는 않았다. 삼촌은 요즘 할머니와 함께 마당이며 옥상, 베란다 가꾸기에 여념이 없다. 할머니는 어느새 빗물 예찬자가 되어 있었다. 승제가 아는 빗물 상식도 할머니에게 들은 것들이다.

"할머니, 빗물이 산성이어서 비를 맞으면 대머리가 된대요."

승제가 말했더니 할머니는 그 말을 기다리기라도 한 것처럼

"우리가 마시는 음료수 중에 빗물보다 산성인 게 더 많아. 유명한 온천물들도 빗물보다 더 산성인걸."

"그래요? 할머니가 어떻게 그걸 알아?"

"나도 요즘 빗물 책을 읽고 있어. 아주 재미있어. 사람들이 빗물에 대해 너무 몰라."

할머니는 요즘 큰 글자로 된 여러 가지 책을 읽고 있었다. 삼촌이 구입해온 책들이었다.

아이들은 시험 때문에 받았던 스트레스를 노래로 다 풀겠다는 듯 빽빽 소리를 지르고 몸을 흔들며 춤을 추었다. 서로 끌어안는 흉내도 내며 킬킬거리기도 했다.

"내가 선미인 줄 아나 보지?"

"저리 가라. 저리 가!"

호기 여자 친구는 선미인 모양이다. 승제네 반에서 제일 작은 여자애다.

승제는 제일 마지막 노래를 불렀다. 부르고 싶지 않았지만 한 번씩은 다 마이크를 잡아야 해서 어쩔 수 없이 선곡을 했다.

"헐!"

"대박!"

"야! 너의 정체가 뭐냐. 혹시 공부도 1등 하는 거 아냐?"

아이들의 호들갑이 싫지 않았지만 승제 마음은 다른 아이들처럼 따뜻해지지가 않았다. 한 시간 값을 내었지만 주인은 서비스로 무려 한 시간을 더 주었다. 빈방이 많았기 때문이다.

서비스 한 시간마저 다 채운 아이들은 호기네 집으로 가기로 했다.

"우리 집에 가서 라면 끓여먹자."

호기가 먼저 제안했고 싫어하는 아이들은 아무도 없었다. 노래방을 나오기 전 아이들은 무슨 의식처럼 휴대폰을 꺼내 카톡을 확인했다. 승제는 딱히 확인할 것도 없으면서 휴대폰을 꺼냈다.

중간고사 잘 보았어? 나랑 쇼핑 갈래? 맛있는 것도 사 먹고

삼촌의 카톡. 보낸 지 2시간이 지난 문자였다. 삼촌에겐 중간고사

말도 안 했는데 어떻게 안 것일까. 승제는 슬쩍 불쾌해졌다. 또 하나는 카톡이 아닌 문자로 윤아가 보낸 거였다. 전화번호까지 삭제해 버렸는데 윤아는 승제의 마음을 모르는 듯했다.

승제야, 나야. 윤아. 벌써 나를 잊은 건 아니겠지? 니네 학교도 중간고사 보니? 우린 오늘 끝났어. 대개 요즘 보니까 끝났으면 이리로 올래? 아이들이 다 너 궁금해 해. 너 뭐야. 카톡도 다 막아놓고.

바보 같은 기집애. 윤아의 문자 때문에 승제의 마음은 부글거렸다.

바보, 말미잘, 고슴도치, 눈치도 없는 계집애…… 윤아만이 아니라 다른 친구들의 문자도 날아오기 시작했다.

야 고승제 너 너무하는 거 아님?

어떻게 우리를 깡그리 무시하고 전화 한번 없냐?

나 중간 망쳤다. 넌 기본이 80이니 잘 봤겠지? 거기 애들 잘해? 전화 좀 해라. 미국 유학 간 것도 아닌데 너무 한다.

승제는 왜 자기가 이렇게 되었는지 스스로도 이해가 되지 않았다. 엄마랑 아빠랑 하늘에서 나를 걱정하고 있겠지? 승제는 이런 생각을 하며 아이들 틈에 섞여 호기네 집으로 갔다. 학교에서 멀지 않은 장미아파트. 호기는 익숙한 솜씨로 라면을 끓이고 아이들을 식탁에 앉게 했다. 청양고추와 양파까지 썰어 넣은 호기표 라면이었다. 호기 부모는 다 어디로 가셨을까? 궁금했지만 승제는 꾸역꾸역 라면만 먹었다. 냉장고에 있던 음료며 아이스크림, 식빵까지 다 거덜내고 나서 아이들은 소파에, 바닥에 자유롭게 퍼질러 앉았다.

"야 우리 야동 볼래?"

"호기야 니네 엄마 아빠 언제 오시냐? 혹시 외국 출장?"

"엄마 아빠보다 누나가 더 무서워. 야동은 피씨방 가서 봐. 나 피보게 하지 말고."

"야 고승제 너 왜 우리 학교로 전학 온 거야? 혹시 너 왕따였어?"

"승제, 왕따는 아닌 것 같은데."

"야 노래 잘하는 외로운 늑대 여기서 다 고백해 봐. 우리가 도와줄게. 우리 공부는 못해도 의리는 있어. 우리 다 대한 초등 출신이야."

아, 그래서 뭔가 말할 수 없는 끈끈함이 얘들 사이를 묶고 있었구나. 승제는 새삼스럽게 예전 친구들이 그리웠다. 부러웠다.

"사실은 아빠가 돌아가셨어."

승제가 입을 열었다.

"아빠가? 그럼 엄마랑 이사 온 거야?"

"아니 엄마도 3년 전에 돌아가셨어. 할머니하고 삼촌."

"어쩐지, 어쩐지…… 무슨 사연이 있는 아이 같았어. 외로운 늑대는 우연히 나온 별명이 아니야. 오세란 그 애, 책을 많이 읽어서인지 사람을 꿰뚫어 보는 뭔가가 있는 것 같아."

"세란이가 그렇긴 해. 신들린 아이 같기도 하고."

"대박! 나도 세란이 보며 그런 생각한 적 있거든. 무녀 같다는 생각."

"아냐. 세란이 우리 교회 다녀. 그 집 식구 다."

"그럼 하나님 믿어서 그렇게 특이한가? 우리하고는 뭔가 다르잖아."

"그렇긴 하지."

"승제야, 니네 집 어느 쪽이야?"

"어느 아파트야?"

"아파트 아니고 단독이야. 태릉 쪽."

"너 혹시 호화주택에 사는 건 아니지?"

호화주택은 무슨…… 하면서도 승제는 그 집에 대해 새삼스런 생각을 했다. 지금까지 삼촌을 대신해서 집을 지키고 가꾸었다는 삼촌 친구는 경상도로 내려갔을까. 도대체 어떤 사람일까? 삼촌도 좀 특이하니까 그분도 좀 그런 사람이 아닐까.

야동에서 보았던 야한 이야기에서 여자 친구 이야기를 한참 하다가 장래에 대한 이야기로 자연스럽게 넘어갔다.

"난 아빠 따라서 장사나 하고 싶은데 아빠는 자꾸 대학에 가래. 대학에 들어가지 못하면 외동아들이지만 집도 물려주지 않겠대. 엄마 아빠가 다 대학을 다니지 않아서 나는 꼭 대학에 가야 한다는 거야."

"난 특성화 고등학교 가서 대학 안 가고 취직할 거야. 난 공부가 재미없어."

아이들의 이야기를 듣는 동안 승제는 자신의 장래에 대해 생각해 보았다. 지금껏 커서 꼭 하고 싶은 일은 없었다. 초등학교 때 농구 선수가 되고 싶었고 중학교에 진학하며 기타를 배우고 싶었지만 아빠는 기를 쓰고 말렸다.

"그 정도 농구 실력으론 안 돼. 취미로만 해. 날고 기던 사람들도 나중에 이도 저도 아닌 경우가 허다한데."

"무슨 딴따라야. 기타 어림도 없다."

승제가 혼자 생각하는데 진규가 입을 열었다.

"승제야, 니네 삼촌은 무슨 일 해?"

"어? 어? 우리 삼촌? 미국서 교수했어."

"대박? 근데 왜 오신 거야? 또 가는 거야?"

"잘 몰라. 완전히 왔다고 하긴 했는데."

"성함이 뭐야?"

호기가 점잖게 말하며 핸드폰을 열었다. 승제는 입을 다물 수가 없었다.

"고병익."

승제는 모르는 사람을 말하듯 덤덤하게 말했다.

호기가 재빨리 검색 작업에 들어갔다.

"헐! 대박! 이 사람 맞지?"

진규와 경돈이가 호기 핸드폰으로 달라붙었다.

승제도 검색엔진에 나온 사진을 보았다.

"이 사람 맞아? 너 닮았어."

"어, 아빠 동생이잖아. 아빠와 삼촌이 닮고 나도 아빠 닮았으니까 닮았지."

승제는 아이들이 보는 삼촌의 얼굴을 안 보는 척 슬쩍 봤다. 지금보다 더 젊었을 때 사진이었다. 생태학자. 미국…… 약력까지 자세히 나와 있었다. 어째서 나는 이렇게 검색해 볼 생각도 못 해 봤을까. 승제는 고개를 돌리며 생각했다. 삼촌을 부러워하는 아이들을 보며 승제는 마음이 이상해진다. 너희들이 몰라서 그래. 우리 삼촌 좋은 사람 아니야. 삼촌을 떠올리자 깊은 상처에 물이 묻은 것처럼 쓰리고 아렸다.

"승제야, 아깝다. 니네 삼촌 그냥 미국서 교수했으면 너도 미국 가서 살 수 있는데. 넌 앞으로 뭐 하고 싶어. 너도 교수?"

"아니. 아직……."

승제는 아직 진로에 대해 결정하지 못했다. '진로'라는 말을 떠올리면 이상하게 기타가 떠올랐다. 그만큼 승제의 마음을 사로잡았던 기타였다.

승제가 기타에 마음을 빼앗긴 것은 중학교 입학식 때 선배들의 간단한 축하공연을 보고 나서였다. 댄스와 합창, 클래식 기타와 무언극 퍼포먼스가 무대에 올랐는데 승제는 그 클래식 기타 반에 들겠다고 결심했다. 여러 동아리에서 회원모집 포스터가 복도에 나 붙었을 때 승제는 클래식 기타 동아리 〈여섯 줄〉에 원서를 냈고 자랑스럽게 아빠에게 말했다.

"아빠, 나 기타 반에 들었어요. 기타 하나만 사 주세요."

저녁 식탁에서 승제의 이야기를 들은 아빠의 표정은 싸늘하게 굳어버렸다.

어두워진 것은 아빠만이 아니었다. 할머니도 엄마도 반찬을 집다 말고 손을 내렸고 서로의 눈빛을 보며 어두워진 눈빛을 주고받았다. 아주 짧은 순간이었지만 그날의 묘한 분위기를 잊지 않고 생생하게 기억하고 있다. 뭐라고 할까. 모두 벼락을 맞은 것 같은 얼굴들. 느닷없이 들이닥친 맹수의 공격이라도 받은 사람들처럼 서로의 눈빛을 주고받았다. 싸늘하다는, 표현을 넘어 듣지 말아야 할 것을, 보지 말아야 할 것을 본 사람들 같았다. 숨 막히는 침묵을 깬 것은 아빠였다.

"기타는 무슨 기타. 승제, 너 지금 무신 소리 햄시?"

제주도 사투리다. 몹시 화가 나 있다는 신호다. 아빠는 마음이 편치 못할 때 제주도 말이 튀어나온다.

"커서, 대학 들어가서 배워도 된다."

"기여(그래) 승제야 대학 가서 배우라."

할머니도 거들었다.

"아빠!"

승제는 입을 열었지만 눈을 찡끗거리며 손가락으로 입을 막는 엄마의 심상치 않은 모습 때문에 황급히 입을 닫았다.

승제는 도저히 이해할 수 없었다. 이후에도 승제는 여러 차례 기타 이야기를 꺼냈지만 그럴 때마다 아빠는 단호하게 거절했다.

승제는 자기 통장에서 돈을 꺼내 기타를 사야겠다고 마음먹고 동아리 선배와 기타를 사러 가기로 한 날, 아빠가 사형 선고 같은 무서운 판결을 받았다. 대장암 말기.

승제는 기타를 포기했다. 아빠가 자기 때문에 발병한 것 같아 마음이 무거웠다.

'내가 기타를 사 달라고 조르지 않았다면 아빠는 더 오래 살았을까?'

아빠가 돌아가시고 나서 승제는 자주 이 생각에 빠져들었다. 아빠는 무엇 때문에 그렇게 기타를 반대하셨을까.

"너 정도 재능을 가진 아이는 이 세상에 쌔고 쌨다. 지금부터 빠지지 말고 대학 가서 취미로만 해."

기타 이야기를 꺼내면 아빠는 늘 냉담하게 반응했다.

그 무렵 아빠는 입원했다. 오래 못 산대. 승제는 어른들의 표정으로 모든 걸 알아차렸다. 아빠의 병세가 깊어지며 기타 이야기를 입에 올리지 못했다.

'나 때문에 아빠는 병이 더 심해졌을까.'

이 생각은 끈질기게 승제를 괴롭혔다. 승제는 동아리 형들에게 사과하고 영어회화 반으로 옮겼다. 그러나 그 후로도 승제 발걸음은 클래식 기타 연습실 주변을 자주 맴돌았다.

07

모든 것의 시작, 성적표

중간고사 성적표가 나왔다. 승제도 아이들이랑 정답을 미리 맞추어 보았기 때문에 자신의 성적을 대강 짐작하고 있었지만 찢어 버리고 싶을 만큼 형편없었다. 성적표를 받는 순간 성적표 안으로 아빠의 얼굴이 나타났다.

그 아빠가 차갑게 말했다.

"이제부터는 삼촌이 네 보호자다. 삼촌에게 보여서 야단맞던지, 칭찬받든지 해라. 이제 나에게 보일 필요 없다."

승제는 얼른 접어 가방 속 책갈피에 집어넣었다.

"승제야, 시험 잘 봤어?"

앞자리의 호기가 언제 왔는지 슬며시 다가와 물었다. 공부는 못해도 다정다감하고 생각이나 행동이 반듯한 친구라는 걸 알게 되면서 승제는 호기와 가까워졌다. 호기네 집은 대한초등을 졸업한 아이들의 아지트였고 지난번 모임 이후 승제는 그들과 자연스럽게 가까워졌다.

"잘 보긴. 공부도 안 했는데 어떻게 잘 봐. 경돈이는 잘 보았대?"

경돈이도 대한초등을 졸업한 친구다. 대한 초등 친구들 중에선 성적이 좋은 친구지만 마마보이로 통했다. 아지트로 모일 때 자주 빠질 수밖에 없는 것은 그런 엄마 때문이다. 자기 시간을 자기 마음대로 하지 못해서 늘 불평을 달고 다니면서도 크게 반항하지도 않는 유약한 성품의 아이였다. 이번에도 경돈이는 호기네 집으로 가지 못하고 엄마의 호출을 받았다. 승제와 진규만 호기네로 갔다.

"오늘은 라면 말고 치킨 시켜 먹자. 내가 쏠게."

진규가 운동화를 벗으며 말했다.

"콜! 난 양념. 승제 넌?"

호기가 리모콘으로 텔레비전 전원 버튼을 누르며 말했다.

"나도 매운 양념."

"역시 우린 식성도 통한다. 오늘 모두 매운 양념치킨으로 억눌린 우리 영혼을 달래보자."

호기가 냉장고에서 음료를 꺼내 오는 동안 종편에선 외국영화를 방영하고 있었다.

"뭐 저런 걸 보고 그래. 로마의 휴일 같은 초딩 영화를 보냐. 돌려봐. 영화보기로 들어가서 영화 보자. 좀 진한 거로."

진규가 어른스런 말투로 한 마디 했다.

호기네는 케이블을 달고 있어서 무료 영화도 다양한 게 많이 나와 있었다. 호기가 리모콘으로 영화 채널을 누르려는데 승제가 다급하게 말했다.

"잠깐, 가만있어. 곧 저 기자와 공주가 곧 키스를 할 거야. 키스하는 것만 보고 다른 거 보자"

"오우 승제, 키스에 관심이 있어?"

진규가 과장된 말투로 말했고 호기도 눈을 둥그렇게 뜨며 눈을 좌우로 돌렸다. 그런 친구들이 승제는 밉지 않았다. 호기와 진규는 승제에게 숨통을 트이게 하는 친구로 자리 잡고 있었다. 화면에선 공주와 신문기자의 키스가 시작되었다. 승제 할머니가 좋아하는 영화로 승제는 장면까지 다 외우는 영화였다. 봐도 봐도 질리지 않는 장면이다. 신문기자와 공주의 예기치 못한 사랑. 그 키스 장면. 할머니 덕분에 오드리햅번이란 옛날 배우도 알게 되었다.

"웩! 한다, 한다."

진규가 눈을 가리는 척하며 호들갑을 떨었다.

"승제야, 넌 키쓰해 봤어? 여친 있어?"

호기가 호기심어린 눈으로 물었다.

"승제야 단연히 해 봤겠지. 노래 잘하는 외로운 늑대가 여친이 없겠냐? 승제야, 전에 다니던 학교 예쁜 아이 소개 좀 해 주라."

승제가 얼굴을 붉혔다. 승제는 말만 들었지 실지로 키스 경험은 없었다. 그보다 호기가 질문할 때 서윤아와 은화가 동시에 떠올랐다. 새삼스럽게 이름도 모습도 닮은 아이 윤아와 은화.

"아직!"

승제는 부끄러운 듯이 고개를 흔들었다.

"헐! 노래 잘하는 외로운 늑대의 입술이 아직 봉인된 성지란 말이야?"

호기가 믿을 수 없다는 듯이 진규를 보았고 진규도

"뻥치지 마. 너처럼 인기 많은 사내가 아직도 키스를 안 해 봤다는 게 말이 되냐? 여자아이들이 가만두지 않을 텐데."

아이들은 경험도 하지 않은 키스 경험을 해본 것처럼 자랑하기도 한다. 나만 뒤떨어지는 것 같아 진심을 숨기는 것이다. 호기도 진규도 사실 키스 경험이 없다. 승제가 고개를 흔들자 그 진의가 궁금해져 경험자처럼 이야기한다.

"진규는 6학년 때, 나는 중1 때 키스해 봤어. 승제 너도 솔직히 털어놔 봐. 언제 첫 키스를 했어?"

"정말이라니깐."

승제 얼굴이 발개졌다.

"승제 봐라. 거짓말하니까 얼굴이 벌개진다. 너 그 여자 생각하는 거지?"

호기가 간지럼을 태우며 말했다. 승제가 크크 거리며 몸을 비틀었다. 거짓말이 아니라 자기만 정말 키스를 안 해 보았나, 해서 얼굴을 붉힌 거였다.

"승제야, 우리끼린데 말해 봐.'

진규가 말하다 말고 쉿! 하며 손바닥으로 입을 막더니 주머니에서 핸드폰를 꺼냈다.

"어, 엄마. 어 호기네 왔어."

진규는 핸드폰을 들고 베란다로 나갔다.

"중간고사 성적표? 어? 네, 네 받았어요. 아니 호기네 집에서 모둠 숙제해요. 알았어요. 간다구요."

베란다로 나가 쩔쩔매면서도 짜증스런 진규 소리가 거실까지 들렸다.

"진규 엄마 호출이야. 진규는 오늘 성적표 받는다고 말하지 않았을 텐데 엄마가 알았나 보다. 진규 오늘 죽었다."

진규가 입을 내밀며 베란다에서 나와 가방을 들었다.

"엄마가 알았어. 경돈이 엄마가 전화했대. 경돈이 엄마 때문에 못 살겠어. 전학을 가든지 해야지."

진규 엄마와 경돈이 엄마는 중학교 입학식 때 만나 친해졌다. 초등 때 안면은 있었지만 중학교 때 만나 같은 여고 출신이라는 것을 알고는 급격히 가까워졌다.

경돈이는 학원을 끊고 대학교 일학년인 이모가 가르친다. 이모가 가르치면서부터 성적이 눈에 띄게 좋아졌다며 진규도 같이 배우게 하자고 경돈이 엄마가 특별대우라는 투로 넌지시 권했지만 진규 엄마는 응하지 않았다. 경돈이 성적에 대한 공식적인 평가가 나오지 않았기 때문이다. 그런데 이번 중간고사에서 경돈이 평균은 눈에 띄게 확 올랐다. 학사일정을 훤히 꿰고 있는 경돈이 이모는 오전부터 성적에 대한 카톡을 보내왔고 경돈이가 호기네로 가기로 한 걸 알기라도 한 것처럼.

끝나자마자 딴 데 들리지 말고 달려와.
엄마가 새 휴대폰 사다 놓고 기다려.

엄마가 제시한 휴대폰 교체 점수를 넘겼기 때문에 이모도 들떠 있었다. 이모에게도 그에 걸맞은 선물을 약속했을 것이다.

진규가 허겁지겁 나간 후에 다시 현관 벨이 울렸다.

"치킨요!"

치킨 봉지를 받으며 호기가 아뿔싸! 치킨 값! 했다. 진규가 내기로 한 치킨 값은 결국 호기와 승제가 내게 되었다.

진규가 빠지고 나자 분위기는 썰렁해졌다. 진규는 말이 많은 편은 아니었지만 분위기를 살려주는 말을 잘 꺼내는 편이었다. 진규가 나가자 대화는 자주 끊겼고 결국은 무료 영화보기에서 19금 영화를 보기로 했다. 영화를 보며 승제와 호기는 꾸역꾸역 먹기만 했다. 승제는 영화를 보면서도, 치킨을 먹으면서도 딴생각에 빠져있었다. 중간고사 성적표와 담임의 강조한 말이 마음을 꽉 채우고 있었다.

"늦어도 모레까지 학부모 확인을 받아올 것. 도장 꾹 눌러 오는 것은 안 되고 한 줄 문장으로 받아온다. 예를 들면 우리 승춘이가 수학 성적이 좋아졌습니다. 아니면 우리 종태 국어가 엉망입니다. 수업시간에 졸면 쥐어박아서 혼내 주십시오. 이렇게 구체적으로 써 오도록."

담임은 자기 이름까지 넣어가며 구체적으로 설명했다.

"학부모님들도 중간고사 끝나면 성적표 나갈 줄 알고 기다리고 계시니까 슬쩍 엄마 아빠의 필체를 도둑질할 생각은 아예 말도록. 이상!"

승제가 전에 다니던 학교에서는 성적표만 나누어 주었지 도장을 받아오게 하지는 않았다. 성적표가 아니더라도 나이스를 통해 성적 확인이 가능한 시대였다. 대개의 학부모들 역시 중간이나 기말고사 성적표가 언제쯤 나온다는 것을 익히 알고 있기 때문에 성적표를 안 보일 수가 없었다. 그러나 지금 승제는 성적도 크게 떨어졌을 뿐 아니라 학부모 사인 자리에 삼촌의 확인을 받아와야 하는 게 내키지 않았다. 그렇다고 괴발개발인 할머니에게 사인해 달라고 할 수는 없었다. 하필 성적이 크게 떨어졌을 때…… 승제는 무를 하나 집어 입에 넣으며 혼자 생각했다.

갑자기 호기가 손에 묻은 양념도 닦지 않고 리모컨으로 텔레비전 전원을 껐다. 왜? 승제가 호기를 보는데 현관문 여는 소리가 났다.

"누나."

미처 말이 끝나기도 전에 호기 누나가 안으로 들어섰다. 승제는 벌떡 일어나 인사했다. 청바지와 하얀 티만 입었을 뿐인데 호기 누나는 상큼했다. 손에 든 책과 옷차림이 잘 어울렸다.

"안녕하세요?"

승제는 일어서며 꾸벅 인사했다. 닭다리가 그냥 손에 들려 있었다. 호기는 누나가 오는 걸 어떻게 알았을까. 호기 누나는 정말 미인이다. 벽에 걸린 사진을 보면 호기네 엄마 아빠가 모두 훤한 인물을 하고 있다. 호기만 유독 빠지는데 그건 외할아버지를 닮아서라고 했다.

"고승제라고 했지? 진규랑 경돈이는 왜 안 보여?"

"엄마 호출."

"아 참 오늘 중간고사 성적표 나오는 날이지?"

승제는 냅킨으로 손을 닦았다. 야단맞는 호기를 보고 싶지 않았다.

"왜? 가게?"

호기 누나가 치킨 한 토막을 집어 들며 승제를 보았다.

"네, 저도 가서 야단맞아야 해요."

"승제 너는 공부 잘한다며? 고병익 교수가 작은 아버지라며?"

승제는 깜짝 놀랐다. 호기 자식, 별걸 다 나불거렸구나. 그러면서도 싫지는 않았다. 삼촌이 보호자라는 것도 다 이야기했겠지.

"네, 삼촌요. 저도 이번 성적 많이 떨어졌어요."

"전학 와서 그럴 거야. 오자마자 친 시험인데 뭐. 담에 잘 보면 되지 뭐. 우리 호기 잘 부탁한다."

"제가 도움을 많이 받고 있어요. 호기 참 좋은 친구예요. 저 그럼 이만 가보겠습니다. 호기야, 간다."

승제는 호기네 집을 나섰다. 어느새 해가 기울고 있었다.

승제가 마을버스를 타기 위해 학교 옆 골목 안으로 들어서는데 저 앞에서 낯익은 모습이 걸어가고 있었다. 어? 삼촌 아냐?

뒷모습이지만 삼촌이 분명했다. 삼촌이 다른 남자 둘과 나란히 걸어가고 있었다. 승제는 얼른 건물 안으로 몸을 숨기며 따라갔다. 그런데 또 한 사람의 뒷모습이 왠지 낯설지 않았다. 하얀 면바지와 체크무늬 셔츠까지. 누구지? 승제는 세 남자를 따라가며 생각했다.

'담임?'

또 한 남자는 승제네 담임이 분명했다. 오늘 종일 본 차림 그대로였다.

잠깐 그들이 멈춰 섰다, 이리 가자 저리 가자, 하는 것 같았다. 삼촌도 담임도 아닌 남자가 옆으로 몸을 돌리며 카페를 가리켰다. 헐! 사회잖아. 다른 한 사람은 승제네 사회를 가르치는 문의훈 선생이었다. 교과서만이 아니라 이 세상일에 대해, 사회 현상 제반에 대해 모르는 것이 없는 분이었다. 심지어 그는 중2가 알아야 할 성교육도 보건 선생님보다 더 능숙하게 했고 아이들과 농구도 잘해서 인기가 있는 선생님이었다. 승제도 그와 같은 편이 되어 농구를 한 적이 있는데 그는 좋은 음성 톤까지 지니고 있었다.

"너, 첨 보는 데 잘한다."

승제는 단번에 그가 좋아졌다. 그는 승제가 좋아할 만큼 장점이 많은 사회 선생이었다.

'도대체 삼촌이 선생님들이랑 무슨 일이지? 내 중간고사 성적을 알아보러 왔나?'

단번에 짜증이 팍 났다. 삼촌이 뭔데, 아빠도 아니면서…… 승제는 재빨리 지나가며 그들이 들어간 카페를 슬쩍 보았다. 그들은 안쪽에 앉아서 밖에선 보이지 않았다.

마을버스를 타고 집으로 가면서도 의문은 풀리지 않았다. 삼촌은 왜 담임을 만난 것인가? 담임은 그렇다 치고 문의훈 선생은 어떻게 만난 것일까.

“승제 이제 오니? 어서 씻고 나와라. 네가 좋아하는 갈치구이다.”

승제는 치킨을 먹어서 먹고 싶지 않다는 소리를 하지 못했다.

“왜 그렇게 못 먹어. 학교에서 무슨 일이 있었어?”

할머니가 갈치에도 욕심이 없는 승제를 보고 의아해했다.

“할머니 학교에서 아이들이랑 간식했어요.”

할머니 걱정을 끼치고 싶지 않아 승제는 솔직히 털어놓았다.

“어쩐지. 승제야, 밖에서 아무것이나 먹고 다니지 말아라. 고씨 집안사람들은 음식에 조심해야 해. 알지?”

조상 대대로 괴롭혀온 대장암을 미리 예방해야 한다는 이야기다. 이제 승제도 그걸 조심해야 할 나이인가. 승제는 문득 아빠를 떠올렸다. 삼촌은 지금 카페에서 무슨 이야기를 하고 있을까.

“승제야, 중간고사 성적표 나왔어?”

이게 무슨 소리일까. 지금까지 할머니는 승제 성적에 대해 이렇게 물어 온 적이 한 번도 없었다.

“이번도 시험 잘 보았지?”

대개 이 정도의 관심을 보였을 뿐인 할머니였다. 엄마나 아빠와는 구체적인 성적 이야기를 나누어도 승제를 앞에 두고는 이런 질문을 하지 않던 할머니였다.

"별로요."

승제는 자기도 모르게 얼굴이 굳어졌다. 삼촌과 성적에 대해 이야기를 나눈 게 분명해 보였다.

"잘 나왔겠지. 우리 승제야 저 아빠 닮아서 공부를 잘하니까."

할머니가 저녁 밥상을 정리하며 남의 말 하듯 했다.

"잘 못 보았어요."

승제는 마술에 끌리듯 슬슬 할머니 말에 정직하게 말했다.

"괜찮다. 네가 이런 상황에서 시험을 잘 보면 그게 시험 기계지 사람이겠니? 이제부터 잘하면 된다. 삼촌한테 보이고 도장 받아가거라."

"네."

승제는 왠지 울음이 나오려는 걸 간신히 참았다. 이거였구나. 할머니는 지금 나를 삼촌 그늘로 데려가고 있구나.

"승제야."

"네, 할머니."

"이 할미가 얼마나 살지 모른다. 나는 너 때문에 쉽게 눈을 감을 것 같지 않구나. 맘에 안 들어도 삼촌이랑 잘 지내거라. 니 삼촌, 나쁜 사람 아니다. 이 집 너를 위해 마련한 모양이다."

"아빠와 할머니를 위해서 마련한 집이라 했어요."

저녁상을 치운 할머니가 찻물을 준비하고 나서 찻잔을 꺼냈다.

삼촌은 할머니와 아빠와 승제를 위한 집이라 했지만 승제는 거기에 끼이고 싶지 않았다.

"그야 그렇지만 니 아빠가 먼저 갔고 나도 언제 갈지 모른다. 네가 삼촌과 불화하면 나는 편히 눈을 못 감을 것 같구나."

승제는 그런 할머니 마음을 전혀 모르는 것은 아니다. 할머니는 승제가 혼자 될 것에 대해 늘 노심초사하고 있었다.

"승제야."

할머니가 허브 티백을 찻잔에 넣으며 조용히 입을 열었다. 막 향을 피워 오르는 허브 향처럼 은은한 음성이었다.

"중간고사 성적표 삼촌에게 보일 거지?"

네. 승제는 무겁게 입을 열었다.

어쩔 수 없는 선택이었다. 할머니는 아빠가 돌아가시고 나서 팍삭 늙어버렸다. 할머니 말이 빈말이 아니라는 절박감이 승제에게 고스란히 옮아왔다. 이 할미가 얼마나 살지 모른다. 나는 너 때문에 쉽게 눈을 감을 것 같지 않구나. 맘에 안 들어도 삼촌이랑 잘 지내거라……. 아주 오래된 노래처럼 할머니의 말이 고스란히 승제 마음에서 되풀이되고 있었다.

차를 마시고 나서 자기 방 침대에 가서 털썩 주저앉았을 때 계시처럼 떠오르는 게 있었다.

'삼촌은 아빠도 나도 아니고 할머니를 위해 영구 귀국한 게 아닐까?'

한번 떠오른 이 생각은 눈물로 바뀌어 흘러나왔다. 성적표를 꺼냈다. 중학교에 와서 최악으로 떨어져 버린 성적이었다. 한숨이 나왔다. 삼촌에게 보이는 첫 성적표가 이 정도밖에 안 되다니.

"엄마, 아빠 죄송합니다."

승제는 앞에 엄마 아빠가 있기라도 한 것처럼 중얼거렸다.

그때였다. 아래층에서 삼촌과 할머니 소리가 들렸다. 승제는 방 밖으로 나와 층계 가까이 다가갔다. 두 사람의 소리가 층계를 타고 고스란히 올라왔다.

"한잔했니?"

"네. 저녁도 먹었어요. 기분 좋아서 제가 후배들에게 한 잔 샀습니다."

후배들? 아 그럼 우리 담임과 사회가 삼촌의 후배? 이럴 수가! 이건 또 하나의 난코스가 아닌가. 하필이면 담임과 좋아하는 사회샘까지 이렇게 엮이다니. 앞으로 자신의 학교생활이 순탄하지 않을 거란 어두운 그림자를 승제는 본 것 같았다. 이 일을 어떻게 한담.

"뭐 좋은 일이라도 있었던 거야?"

"네. 아주 좋은 일이 있었어요. 어머니가 끔찍하게 아끼는 우리 승제가 아주 좋은 놈이라네요."

"아니 그걸 후배들이 어떻게 아누?"

"승제네 담임, 알고 보니 대학 후배였어요. 승제 칭찬을 많이 했어요. 승제 담임 말고 또 한 명이 있더라구요. 앞으로 승제는 자기들이 잘 가르친대요."

헐 이게 무슨 벼락이람. 삼촌 말고 또 다른 삼촌이 두 명 더?

"내가 관심 끊으라 했어요. 우리 승제는 자기 일 다 알아서 하는 아이라고 아는 척도 하지 말라고 했어요."

그건 잘했네. 그러나 순탄하지 않을 것 같은 학교생활은 분명했다. 집에는 껄끄러운 삼촌, 학교에는 껄끄러운 삼촌의 후배가 둘이나 있다.

"호호 잘했다."

"잘했지요? 엄마! 엄마! 엄마 오래 사세요. 나만 두고 일찍 가시면 안 돼요."

이게 또 무슨 일일까. 삼촌이 갑자기 흐느껴 울기 시작한 모양이다. 승제는 그런 삼촌이 우스워 킥킥 터져 나오려는 웃음을 손으로 꾸욱 눌렀다.

"병익아, 병익아, 왜 이러니? 승제 2층에 있어."

승제는 천천히 방으로 들어가 소리 안 나게 문을 닫았다.

이튿날 승제가 학교 갈 준비를 하는 동안도 삼촌 방에선 아무 기척이 없었다. 사인을 안 받아 갈 수는 없다. 승제는 성적표를 들고 삼촌 방을 노크했다.

"삼……촌."

"어 승제야 들어와."

어? 삼촌이 벌써 일어난 거야? 어제 술을 마시고 늦게까지 잔 줄 알았는데.

승제가 들어갔을 때 삼촌은 컴퓨터를 켜 놓고 있었다. 책상 위에 새로운 책들이 수북이 쌓여 있었다. 감이 잡히지 않는 영문 제목의 책들이었다.

"잘 잤니? 미국서 보던 책들인데 어제 도착했어."

"네. 저…… 성적표, 사인 받아 가야 해서요."

승제는 자신도 모르게 쩔쩔매고 있었다. 삼촌에게 형편없는 성적표를 보이자니 자꾸 주눅이 들었다. 성적표 때문에 이런 적은 한 번도 없던 승제였다.

"어느새 중간고사 성적표가 나왔구나. 힘들었지?"

승제는 네 하고 싶었지만 입을 꾹 다물었다. 성적표 나온 줄 알면서도 모른 척하는 게 얄밉다. 암튼 삼촌은 나하고 안 맞아.

삼촌은 승제가 내민 성적표 봉투를 받아 천천히 성적표를 꺼냈다.

"힘들었을 텐데 이 정도면 잘했네. 전학까지 해서 적응하기 힘들었을 텐데."

삼촌은 꼼꼼히 살폈지만 말은 짧게 했다.

"사인 자리에 직접 써 가야 해요. 잘 보았다는 사인요."

구차하게 설명하게 하는 담임이 미워졌다. 다른 반은 도장만 받아 가는 반도 있는 모양인데 학부모 자필 사인이라니. 전에 다니던 학교에서도 도장만 받아갔다. 어떤 학교에서는 다시 제출하지도 않는다는 소리도 들었다.

"니 담임 독특한 분이구나."

삼촌은 픽 웃으며 만년필을 꺼냈다. 이런 내숭. 다 알면서.

> 선생님 수고하셨습니다. 우리 승제 성적표 잘 보았습니다.
>
> 부족하지만 잘 이끌어 주십시오.

고씨 집안 내력인가. 삼촌은 아빠 글씨처럼 단정하고 반듯했다. 글씨만 봐서는 아빠가 살아 돌아온 것 같았다.

"자 됐지?"

"네."

"승제야, 고맙다. 난 네가 자랑스럽다. 우리 잘해서 할머니 기쁘게 해 드리자. 할머니가 아주 힘든 것 같구나."

"네."

승제는 짧게 대답하며 다른 생각을 했다. 삼촌이나 잘해요. 다 큰 어른이 울지나 말지. 어젯밤 할머니 앞에서 울던 삼촌이 떠 올랐던 것이다. 삼촌은 무엇 때문에 운 것일까. 궁금하긴 했다. 어린아이도 아니고 중년인 남자가 엄마 앞에서 울다니. 미국에서 대학교수까지 했다는 어른이.

08

서로의 눈빛에 서로를 담고 있었지만

새 학교에서의 생활이 안정되어 가면서 승제는 자기네 반 아이들의 성향을 하나하나 파악해 나갔다. 승제에게 경계심을 품었던 상위 그룹의 아이들은 승제의 중간고사 성적을 알고 나서는 안도하는 분위기였고 승제에게 지나친 호감을 보였던 여자아이들의 시선도 시들해졌다. 오히려 승제에게 쉽게 접근하지 못하던 여자아이들이 승제 곁으로 슬금슬금 다가왔다. 그런 아이들 중에서 가장 적극적인 아이는 화장의 여신 박빛나였다. 그 애는 툭하면 승제에게 문자를 보냈다. 승제는 빛나처럼 화장한 아이를 아주 싫어했다. 엄마, 아빠 영향이었을까. 할머니도 화장을 거의 하지 않았다. 빛나는 더 할 수 없이 요란하게 화장을 하고 다녔다. 이목구비가 뚜렷해서 예쁜 얼굴인데 화장을 해서 그 예쁜 이목구비를 엉망으로 만들고 있다고 승제는 그 애를 보며 가끔 생각했다.

호기 생일 파티를 하기로 한 날은 토요일 오후였다. 마마보이 경돈이는 요즘 하교 시간이 되면 엄마가 차를 가지고 와서 모시듯 데려가 버린다. 중간고사에서 눈에 띄게 성적이 오른 경돈이는 철저하게 엄마가 방과 후 시간을 관리했다. 경돈이 엄마 같은 학부모가 한둘이 아니었다. 하교 시간이 가까워지면 그런 부모들이 교문 밖에서 기다렸다.

승제야, 꼭 와야 해. 진규도 온다고 했어.

호기는 며칠 전부터 카톡으로 3차 생일 파티를 자기네 집에서 한다고 했다. 1차는 부모님과 고전적으로 고깃집에서 했고 2차는 여친이랑 둘이 했다고 했다. 점심시간에 만나 진규가 의리 없는 놈이라고 퉁을 놓자.

"걱정 마셔. 우리 삼총사를 위해 3차도 준비하고 있으니까."

"삼총사?"

승제는 처음 듣는 소리였다.

"아이들이 우리를 삼총사라고 부른대. 경돈이 대신 승제 니가 오니까 꽉 짜인다고. 어리바리 트리오래."

진규는 약간 상기된 얼굴이다. 진규는 승제를 자신보다 한 단계 위급이라 생각했다. 승제가 중간고사를 망치긴 했지만 그 점수는 진규나 호기가 따라갈 수 없는 점수였다. 망쳤다고 보여주지 않는다는 걸, 억지를 써서 보았는데 망쳤다는 점수가 자신들 점수의 한 배 반에 가까웠다. 자신들보다 한 단계 위급인 승제가 자신과 친하다는 것에 대해 은근히 자부심을 느끼고 있었다.

그러나 승제에겐 충격에 가까운 소리였다. 어리바리 트리오? 어리바리 삼총사? 승제는 그 소리를 듣는 순간, 가슴이 쿵 무너졌다. 어리바리하다. 처음 듣는 평가였다. 의도하지 않았지만 승제는 지금까지 대개 잘 나간다는 아이들과 친하게 지냈다. 드러낸 적이 없지만 늘 자신은 엘리트라는 의식을 가지고 살았다. 그런데 어리바리라니. 진규는 아무 거리낌 없이 내뱉은 말이지만 승제는 그 말이 가시처럼 마음 벽을 찔렀다. 엄마가 돌아가시고 아빠가 돌아가시고 나는 어리바리가 되었다. 내색하지 않았지만 마음의 파문은 쉽게 가라앉지 않았다.

"트리오 어리바리. 좋다. 우리 트리오 어리바리를 쓰리 스타 트리오 정도로 바꾸어 보는 건 어때? 우리를 어리바리라고 명명한 누군가의 코를 납작하게 만들어 주는 거야."

호기는 장난스럽게 말했지만 그 말에는 단단한 심지가 박혀 있었다. 승제는 잠시나마 호기나 진규를 내려다보았던 자신을 떠올리며 얼굴을 붉혔다.

"좋아. 우리 어리바리를 쓰리 스타 군단으로 만들어보자."

진규였다. 늘 무른 구석, 허술한 모습을 보였던 진규 입에서 그런 말이 나오리라고는 미처 생각하지 못했다. 승제도 가만히 있을 수 없었다.

"좋아. 나도 변할게. 지금까지는 어리바리였을지 모르지만 이제부터 뭔가를 보여 줄 거야."

평소 말이 별로 없던 승제가 눈을 빛내며 입을 열자 진규와 호기는 박수를 보내며 환호했다.

삼총사를 위한 생일 파티를 피시방도 아니고 노래방도 아니고 집에서 하는 게 우습기는 했지만 승제는 내색하지 않았다. 그만큼 호기네 집은 어리바리 삼총사에게 익숙하고 편한 장소였다. 게다가 비밀이 보장되는 아지트이기도 했다.

"본래는 피시방이나 피자집이나 치킨집에서 거하게 하려고 했는데 그날 우리 집이 비어. 엄마 아빠는 금요일부터 대만 여행 가시고 누나도 그날 누나 대학 동아리들과 엠티(MT)가 있대. 그래서 우리 집에서 1박 2일로 하기로 했어. 그러니까 저녁 일찍 모이자. 모두 올 수 있지? 저녁은 집에서 시켜 먹고 2차는 노래방. 노래방까지는 여자들도 같이 가지만 다시 우리 집으로 올 때는 여자는 집으로 보내자. 혹시 소문나면 안 되니까. 누나가 눈치를 챘는지 집에 여자들 절대 들이지 말라고 이야기했어. 우리 옆집에 누나 친구 사는 데 감시할 거래나? 암튼 토요일 저녁 일찍 와. 내가 누나 나가면 카톡으로 문자할게 알았지?"

"좋아. 미라도 오라고 할까?"

진규가 조심스럽게 입을 떼었다.

"선미가 벌써 이야기했으니까 그건 걱정하지 마."

호기 여자 친구 선미나 진규 여자 친구 미라도 모두 같은 초등 출신이기 때문에 서로 잘 아는 사이다.

"승제야, 니가 다니던 학교에 가깝게 지내던 여친 없었어? 올 수 있으면 오라고 해."

호기가 승제를 보며 말했다.

"없어."

"자식 순진하기는."

호기가 픽 웃었고

"그럼 선미하고 미라에게 한 명 더 데리고 오라고 하면 어떨까?"

진규가 한 건 했다는 얼굴로 호기와 승제를 보았다.

"좋네. 베리 굿! 기대하시라. 이왕이면 아주 예쁜 여자로 모셔 오라 할게."

"난 괜찮다니까."

승제는 얼굴을 붉히며 말을 더듬었다.

토요일. 삼촌은 할머니를 도와 마당가에 있는 텃밭과 꽃밭에 풀을 뽑고 승제는 자기 방 정리를 했다. 오늘 점심은 마당에서 뜯은 야채와 삼겹살을 준비할 거라 했다. 승제는 자기 방을 정리하며 자신이 얼마나 나태해졌는지 얼마나 무기력하게 살았는지를 확인했다. 이제 벗어나야 한다. 승제는 학원에 다니면 어떨까, 하는 생각을 해 봤다. 국어와 수학은 혼자 해도 되겠지만 영어는 벅찼다. 성적은 안 오르지만 호기도 진규도 영어 과외를 받는다고 했다. 문제는 삼촌에게 어떻게 말을 할 것인가, 였다. 아빠였다면 스스럼없이

"아빠 나 영어 학원에 다니면 안 돼요? 학원 보내주세요."

하겠지만 삼촌에겐 그런 부탁을 못 할 것 같았다. 그런데 그날 점심을 먹을 때였다. 삼촌이 뜻밖의 말을 했다.

"승제야, 너 학원이나 과외 안 해도 되겠니?"

삼촌이 먼저 물어오자 오히려 승제 말문이 막혔다. 마치 자신의 속을 들여다본 것 같아 섬찟하기까지 했다.

승제가 머뭇거리는 동안 삼촌이 또 말했다.

"영어는 내가 가르쳐도 되지만 학원에 다니고 싶으면 다녀라. 한번 알아봐. 나, 미국에 있을 때도 한국 아이들 영어 과외했었어. 내 힘이 필요하면 언제든지 요청해. 친구랑 같이하고 싶으면 친구도 데리고 오고."

삼촌이 영어 과외를? 숨 막히지 않을까? 승제는 아무래도 삼촌에겐 과외를 못 받을 것 같았다.

"삼촌에게 배워도 좋겠네. 돈 안 들고 좋잖아. 그래라, 승제야."

할머니가 삼겹살을 구워내며 은근히 거들었지만 쉽게 결정할 일이 아니었다.

"생각해 볼게요."

승제는 고기를 집으며 가까스로 입을 열었다.

언제부터인가 토요일은 승제가 제일 싫어하는 날이었다. 아침부터 삼촌과 한 공간에 있어야 하는 게 갑갑했다. 그래도 오늘은 호기 생일 파티에 가니까 곧 나간다. 며칠 전 할머니에게 허락은 받았다. 그때 할머니가 조용히 말했다.

"승제야, 네가 싫겠지만 이제 이런 일은 삼촌에게 허락받도록 해라. 알겠니? 이젠 삼촌이 니 아빠나 마찬가지잖니. 내가 미리 이야기할 테니까 너는 말만 하면 돼. 내가 다 허락받아 놓을게."

승제는 맥없이 네, 하고 대답했지만 아직까지 삼촌에게 말하지 못했다. 그 생각을 하자 승제는 답답했다. 왜 삼촌 앞에서는 입이 떨어지지 않는 걸까. 할머니에게 승낙 받았고 삼촌에게도 미리 허락받아 놓는다, 했으니 입만 열면 되겠지만 입이 열리지 않았다. 그 생각만으로 마음이 무겁다.

"어머니 잘 먹었습니다."

"할머니 저도요."

승제는 말을 해야지, 하면서도 점심을 끝낼 때까지 그 말을 못 하고 수저를 놓았다.

"승제야, 씻고 나 좀 보자."

끝내 말하지 않는 승제 때문에 삼촌이 화가 난 것일까. 승제는 할머니를 보았다. 할머니는 어서 가 보라고 눈짓했다. 할 수 없다. 할머니는 나를 점점 삼촌에게 밀어붙이려 한다.

승제는 2층으로 올라가 손을 씻고 양치를 했다. 삼촌은 1층에서 씻고 올라왔다.

"삼촌."

승제는 삼촌 방으로 쓱 들어가지 못하고 문 앞에서 불렀다.

"어 들어와."

쭈뼛거리며 들어간 승제를 보더니 삼촌은 책상 제일 밑 서랍을 열어 은행카드 하나를 꺼냈다.

"이거 이제 니 거야. 앞으로 달마다 이 카드로 니 용돈을 넣어줄게. 용돈 말고 별도로 얼마 정도 들어있어. 엄마 아빠 밑에서 교육받고 자랐으니까 이 정도 돈은 네가 잘 관리할 수 있지? 그리고 여기 있는 돈 말고 필요하면 할머니에게 말고 나에게 요청해. 바로 넣어줄 테니까. 현장학습비라든가, 학교에 내는 것은 따로 줄게. 앞으로는 할머니에게 말하지 말고 나에게 말해."

승제는 엉겁결에 카드를 받았다.

"내 이름으로 된 카드이고 비밀번호는 1225이야. 1225 잊지 마. 1225."

"1225. 1225."

"거기 좀 앉아라."

승제는 삼촌 침대에 조심스럽게 앉았다.

"승제야, 말씀은 안 하셔도 할머니 지금 간신히 버티는 중이다. 언제 쓰러지실지 걱정된다. 할머니 힘나게 할 사람은 승제 너뿐이다. 부탁한다, 승제야. 우리 할머니를 위해 잘해 보자. 너도 그렇겠지만 어머니가 생각보다 일찍 돌아가시면 나는 못 살 것 같다. 승제야, 도와줘."

삼촌이 승제 손을 덥석 잡았다. 미워했던 삼촌이지만 승제는 삼촌의 진심을 본 것 같은 기분이 들었다. 할머니가 안 계시면 삼촌하고 둘이 살아야 할 것이다.할머니가 돌아가셔선 안 된다. 둘이만 있으면 견디기 힘들 것이다. 할머니가 계셔도 힘든데. 삼촌이 밉지만 할머니 문제만큼은 협조해야 할 것이다.

"어떻게 삼촌을 도와야 할지 모르지만 그렇게 하겠습니다."

"고맙다."

"카드 고맙습니다. 아껴 쓰겠습니다."

"아껴 쓰는 것은 좋지만 형님처럼 너무 구두쇠는 되지 말거라. 너, 형님 닮아 구두쇠라며? 언제가 형님이 그러더라."

"아빠만큼은 아니에요."

삼촌이 빙긋이 웃었다. 삼촌 학비를 댄 아빠는 삼촌에게도 어지간히 구두쇠 노릇을 했을 것이다. 안 봐도 훤하다.

"그리고…… 저 삼촌 저 오늘 친구네 집에서 자고 올지 몰라요. 생일 파티하기로 했거든요."

승제는 마침내 그 말을 꺼냈다.

"그래 다녀오너라. 자고 오지 않아도 되면 잠은 집에서 자거라. 끝나면 전화해. 내가 데리러 갈게."

"아니에요. 멀지 않으니까 버스 타고 와도 돼요."

"친구네 집이 어딘데?"

"우리 학교 옆에요."

"끝나면 전화해라. 밤길 혼자 걷지 말고. 승제 니가 이제 우리 집안의 안녕을 좌우하는 가장 중요한 사람이야."

뭘 그렇게까지. 승제는 그러나 잘 알겠다는 뜻으로 네, 하고 짧게 대답했다.

"언제 가는데?"

"조금 있다가요."

"그래 알았다. 생일 선물 사는 거 잊지 말고."

"네 고맙습니다."

승제는 속으로 아싸! 하며 삼촌 방을 나왔다. 그렇지 않아도 선물 살 돈을 할머니에게 타내려던 참이었다. 아빠 못지않은 깍쟁이라 넉넉하게 주진 않겠지만 달리 돈이 없는 승제였다. 어제까지만 해도 선물 때문에 저금통을 깰까, 하던 승제였다. 거기다 하기 힘든 말도 마침내 했다. 승제는 은행카드를 핸드폰 지갑에 넣고 집을 나섰다. 2층 삼촌 방에서 삼촌이 내려다보고 있는 줄 승제가 알 리가 없다. 카드 한 장만이 더 생겼을 뿐인데 다른 사람이 된 기분이었다. 문득 할머니 말대로 삼촌은 좋은 사람, 내 장래를 맡겨도 좋은 사람, 아빠를 대신할 수 있는 사람일까, 하는 생각이 떠올랐지만 그 생각을 밀어내듯 카톡음이 들렸다.

우리 누나 나갔어. 빨리 오셈

호기였다. 승제는 답장 대신 진규에게 카톡을 보냈다.

생일 선물 뭐 샀어?

마을버스에 오르는데 진규 답장이 왔다.

아직. 뭐가 좋을까? 문화 상품권은
좀 그렇지? 우린 삼총산데. 넌?

나도 잘……운동화 사 줄까?
비싼 거 말고.

호기가 좋아하는 과자들 사면
어떨까? 케이크는 비싸고.

케이크?

케이크라면 승제도 좋아한다. 승제는 혼자 씩 웃었다. 호기 생일도 되고 나도 먹고.

주머니만 넉넉하면 케이크가 좋지. 촌스럽긴 하지만 폼이 나잖아.
그건 보통 집에서 준비하는데. 아니지 호기네 집에서 생일 끝났잖아. 오늘은 3차니까. 케이크에 한 표. ㅋㅋㅋㅋㅋㅋㅋ

호기에게 물어볼까?

그래 니가 케이크 사면 나는 술 살까? ㅋㅋㅋㅋㅋ

ㅎㅎㅎㅎㅎㅎ 사던지

일단 물어보자

승제는 마을버스에서 내리며 호기에게 전화했다. 기다렸다는 듯이 목소리가 튀어나왔다.

"왜 안와? 심심하다 빨리 와."

"학교 앞이야. 호기야, 마땅한 선물이 없어서 케이크 사려는데. 어때?"

"좋지. 이왕이면 내가 좋아하는 초코 케이크로 사 와. 진규에겐 아이스크림 사 오라 할게. 비싼 거로. 너도 비싼 거 사와. 아니 농담. 안 사와도 돼."

"집에 케이크 있어?"

"아니 없어. 어리바리들에게 너무 부담 주는 것 같아서."

"그 정돈 할 수 있어. 호기 어리바리 그럼 이따 보자."

"승제야, 빨리 와. 나 심심해."

승제는 학교 근처 베이커리로 들어갔다. 학교 앞에 아이들이 좋아하는 베이커리가 있다는 걸 알고 있었다. 승제는 맛있어 보이는 케이크를 골랐다. 같은 초코 케이크 중에서도 가장 커 보이는 케이크. 승제는 왠지 큰 걸 사고 싶었다 처음 써보는 카드여서 제대로 되는지 확인해 보고 싶었다. 거기다 승제도 초코케이크를 좋아하니 일석이조였다.

"초는 몇 개 드려요?"

빵집 종업원인 누나가 상냥한 얼굴로 물었다.

"열네 개요. 아니 열다섯 개 주세요."

승제는 열네 살이다. 호기도 열넷 아니면 열다섯 살일 것이다. 승제는 카드를 내밀었다. 어른이 된 기분. 삼촌 얼굴이 잠시 떴다 사라지는 별처럼 나타났다가 사라졌다.

"여자 친구 생일인가 보다."

베이커리 사장 아저씨가 얼굴 가득 웃음을 띄며 케이크를 내밀었다.

"아니에요. 남자 친구요."

"남자 친구? 너희들 아주 클래식하게 노는구나."

"고맙습니다."

승제는 케이크를 들고 천천히 걸었다. 승제네 학교 담을 끼고 돌아가면 호기네 아파트였다. 이제 승제에게도 호기네 아파트는 익숙했다.

"승제야!"

"어 진규야!"

아파트 입구에서 유명 아이스크림 로고가 붙은 쇼핑백을 든 진규가 손을 들어 인사했다.

"호기 심심하다고 일찍 오라 그래서. 무슨 케이크를 그렇게 큰 거 샀어?"

"너도 만만치 않네. 그거 비싼 거잖아."

"어, 호기가 이거 사오랬어. 엄마에게 용돈 가불했어. 너도?"

"아니. 삼촌이 생일 파티 간다니까 사 주었어"

"대박! 뭐 그런 삼촌이 다 있냐? 승제 넌 좋겠다."

승제도 좋다. 그러나 드러내지는 않았다. 자신이 한심하다는 생각도 들었다. 고승제, 그렇게 삼촌을 미워하더니 그깟 카드에 마음이 바뀌었냐? 자기가 생각해도 그렇다.

호기는 아파트 현관문을 열어놓고 기다리고 있었다.

"호기야, 우리 케이크부터 자르자."

진규가 입맛을 다시며 아이스크림 통을 호기에게 내밀었다.

"초딩 애들처럼 왜 이러냐? 숙녀분들 오신 담에 정식으로 촛불 밝혀야지. 형님 생일에 애들처럼 굴지 말고 얌전히 있어. 자 이거나 봐. 내 생일 파티 프로그램이야."

호기가 다이어리를 꺼내 펴 놓았다.

"야, 니가 무슨 고위층 인사라도 되냐? 생일파티 프로그램? 웃긴다."

진규가 크크 거렸지만 승제는 재미있다며 다이어리를 내려다보았다.

"고딩 사촌 형 생일파티에 갔더니 이렇게 놀더라고. 웃기기도 하지만 멋지기도 해서 선미랑 한 번 짜본 거야."

"승제야, 이것 봐. 사회자도 있고 축시 낭송에 꽃다발 증정도 있어."

"축하 공연까지……."

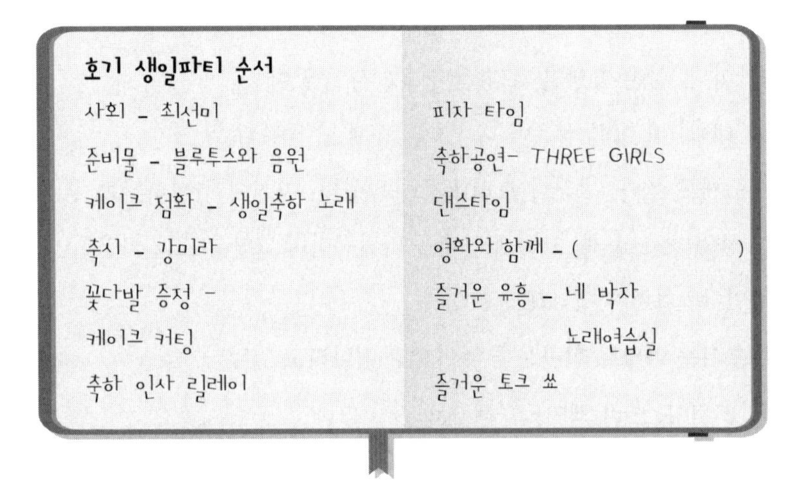

"야 케이크가 있는데 무슨 또 피자 타임이야. 피자 타임은 즐거운 토크 쑈 다음, 배가 어느 정도 꺼진 다음에 해야지. 근데 즐거운 토크 쑈가 뭐야?"

"그냥 우리끼리 수다. 그냥 프로그램 이름을 붙여 본 거야. 예능처럼 재미있게 해 보자고."

"너 오늘 여자들은 집으로 보낸다, 안 했어?"

"걔들 보내고 우리 남자끼리 해야지. 그래야 19금도 할 거 아냐."

"우리끼리 무슨 재미냐? 피자 타임 다음에 바로 토크 쑈 하자. 승제야 안 그래?"

"글쎄."

승제는 이렇게 프로그램까지 짜며 생일파티를 해 본 적이 없어서 그저 얼떨떨했다. 케이크가 있어서 피자는 아예 빼기로 했다. 다행히 아직 주문 전이었다.

생일파티 프로그램 순서를 조정하느라 옥신각신하는데 현관 음악벨이 울렸다. 호기가 튀어 나가 현관문을 열었다.

"Happy birthday to you……."

현관에 들어서며 알록달록 고깔모자를 쓴 여자아이 셋이 나란히 서서 노래하기 시작했다. 선미, 미라, 박빛나였다. 승제는 낯선 얼굴이 진규 친구 미라라는 것을 누가 말해 주지 않아도 알았다. 여자아이들은 똑같이 청바지와 하얀 티셔츠에 빨강 파랑 노랑 모자를 쓰고 있었다. 단단히 준비를 한 모양이다. 거기다가 똑같이 붉은 장미 한 송이씩을 들고 있었다. 노래 가사가 바뀔 때마다 장미를 이용한 간단한 손동작이 이어졌다. 쉽고 단순했지만 똑같이 움직여서 일체미와 절도미가 돋보였다.

Happy birthday Dear 정호기

Happy birthday to you

마지막 부분을 길게 늘인 생일 축하 노래가 끝나고 남자아이들이 박수와 함성으로 환호했다. 진규는 발까지 굴렀다. 유치한 듯 재미있었다.

"생일 축하해."

마지막으로 여자아이들이 장미를 촛불처럼 흔들고 나서 호기 가슴에 던지듯 놓았다. 호기 얼굴이 어느새 상기되어 있었다. 여자아이들은 눈치도 보지 않고 스스럼없이 소파에 앉았다.

"내가 말한 우리 반 고승제야."

호기가 승제부터 소개했다. 여자아이들의 가벼운 박수.

"선미와 박빛나는 알 거고 얘는 진규 친구 강미라."

호기 말이 끝나자마자 선미가 기다렸다는 듯이 말을 이었다.

"니네가 스리 스타 삼총사라고 해서 우리도 스리 걸즈야. 모두 대한 초등 출신이야. 참고로 말하면 박빛나는 내 사촌이기도 하고 여기 저분에게 관심이 있다 해서 모시고 왔어. 우리 이모 딸."

선미가 승제를 손짓으로 떠받들며 웃었다. 뭔가 미리 짜놓은 각본 같았다.

"오우! 잘해봐."

박수가 터졌다. 박빛나는 만족스런 얼굴로 아이들을 둘러보았다. 승제는 얼굴이 빨개졌지만 빛나는 얼굴을 붉히지도 않았다.

"그럼 지금부터 대한이 자랑하는 정호기군의 열네 번째 생일파티를 시작하겠습니다. 모든 불을 끄고 촛불 점화를 준비해 주시기 바랍니다."

선미는 생각 이상으로 사회를 잘 보았다. 억양도 보통 대화 때와는 달랐다.

"재 초등학생 때부터 학교 방송 아나운서였어."

놀라는 승제를 보고 빛나가 얼른 귓속말을 했다. 역겨운 향수 냄새가 확 끼쳐왔다. 승제는 자기도 모르게 고개를 뒤로 젖혔다.

선미의 물 흐르는 듯한 사회로 생일파티는 진행되었다. 그냥 아무 계획 없이 노는 것보다 훨씬 재미있었다. 그러나 아까부터 지나치게 승제에게 관심을 보이는 빛나 때문에 승제 몸은 긴장하고 있었다.

축하 케이크를 먹으며 축하 인사가 시작되었다. 처음은 호기 친구 선미.

"호기야, 열네 번째 생일을 축하해. 너의 꿈을 꼭 이루기 바라겠어. 그리고 어른이 될 때까지 나에 대한 마음 변하지 마."

축하 메시지가 계속 이어졌고 남은 사람은 빛나와 승제다. 빛나가 입을 열었다.

"호기야, 생일 축하해. 그리고 여기 초대해 주어서 고마워. 나도 다음 생일 때는 이런 파티를 하고 싶어. 선미야, 내 생일 파티도 열어줄 거지? 너희들 모두를 내 생일 파티에 초대할게. 내 생일은 10월 29일이야. 모두 올 거지?"

모두 콜! 콜! 하며 박수를 보냈다.

"호기야, 생일 축하해. 처음 전학 와서 아는 친구가 없을 때 나에게 잘해준 호기와 진규 그리고 여기는 없지만 경돈이에게 고마운 마음 전하고 싶어. 너희들이 나에게 잘해 준만큼 나도 너희들에게 잘하고 싶어. 정말 고마워. 다시 한번 생일 축하해."

박수가 쏟아졌다.

"다음은 스리 걸즈의 축하공연이 있겠습니다. 서툴더라도 많은 박수 보내주세요."

여자아이들이 거실 저쪽, 공간이 넓은 쪽에 나란히 섰고 선미가 거실 등을 모두 내렸다, 선미는 호기네 집 이것저것을 자기 집처럼 만졌다. 전등 스위치도 어디에 있는지 척척이었다.

"후레쉬 준비해."

선미와 미리 교감이 있었던 듯 호기가 핸드폰을 꺼내며 말했다. 선미의 연출이었을까. 거실 전등이 꺼짐과 동시에 호기가 후레쉬를 외쳤고 진규도 승제도 뭐에 홀린 아이처럼 핸드폰 후레쉬를 흔들었다. 절묘한 타이밍에 맞추어 거실 구석에 있는 도자기 꽃병에서 걸그룹의 음악이 거실을 가득 채웠다. 장미 조화가 꽂혀있는 그 자기는 공장에서 찍어낸 백자의 모조품이었지만 블루투스의 음감을 제대로 살려주었다.

너를 처음 본 그 순간부터 우린 운명이었어.

꽃비 오는 거리를 말없이 걸었지 먼 길,

오랜 시간을 함께 걸으며 서로의 눈빛에 서로를 담고 있었지만……

한창 인기를 끌고 있는 인기 걸그룹의 〈멀어진 첫사랑〉이었다. 동남아 전역을 넘어 구미 차트까지 휩쓸었던 인기곡이었다. 승제도 귀에 익은 곡이지만 진규와 호기처럼 댄스까지 따라 하지는 못했다.

나를 잊지마 나를 잊지마 …… 중독성 강한 후렴이 되풀이되며, 그러나 긴 꼬리를 흘리며 사라진 유성처럼 '나를 잊지마'가 사라져 갈 때 여자아이 셋이 약속한 것처럼 소리쳤다.

"컴 온 컴 온 레츠 고! 함께 즐겨요!"

호기가 먼저 일어서서 선미 뒤에 섰고 진규도 미라 뒤에 섰다 승제가 머뭇거리자 빛나가 달려와 승제를 끌고 갔다. 블루투수에서 다시 〈멀어진 첫사랑〉이 시작되었다. 아이들은 척척 호흡이 맞았다. 그 노래는 대한 초등 장기자랑용이었다는 걸 승제가 알리 없다. 그때는 경돈이가 빛나 뒤에서 짝을 이루었다. 승제는 어색한 대로 따라 했다. 허리를 끌어안고 여자아이가 뒤로 젖히면서 호기와 진규가 입 맞추는 흉내를 내었다. 제대로 못하는 승제를 위해 빛나가 승제의 허리를 안으며 승제 입술 가까이 입술을 가져갔다. 승제가 화들짝 놀라며 얼굴을 돌렸다. 빛나 입술이 뺨에 스치는 순간 빛나는 놓치지 않고 뺨에 입술을 댔다. 역겨운 향수 냄새와 함께 뭐라고 할 수 없는 이상야릇한 냄새가 확 끼쳐왔다. 승제는 몸을 비틀었다. 다행히 노래는 이내 끝났고 선미는 전등 스위치를 올렸다. 그런데 그때 모든 아이들이 승제를 보며 으하하 웃음을 터뜨렸다. 박장대소. 승제는 국어 시간이 배운 사자성어가 저절로 떠올랐다. 승제만 멍한 얼굴로 아이들을 보았다. 빛나가 물티슈를 꺼내 승제 곁으로 다가왔다. 역겨운 향수 냄새도 함께였다. 빛나가 물티슈로 얼굴을 닦으려 하자 승제는 벌떡 일어나 현관 벽에 걸린 거울을 보았다.

오 마이 갓! 거울 속 승제 뺨에 붉은 꽃잎이 붙은 것처럼 선명한 입술 자국이 그려져 있었다.

"에이 씨 이게 뭐야?"

"내가 닦아 줄게."

여전히 승제에게 다가가는 빛나. 다른 때보다 더 요란한 화장이다.

"빛나야, 승제는 아직 순진한 영혼이야. 네가 너무 진도를 나간 거야."

진규가 한마디 하자

"키스한 것도 아닌데 뭘 그래. 내가 닦아줄게."

"에이 씨."

승제는 화장실로 달려가 아예 비누 세수를 했다. 거실에서 와르르 쏟아지는 웃음. 비누 거품을 씻어내자 꽃잎 같은 입술 자국은 감쪽같이 사라졌다. 거울에 승제 얼굴 옆으로 윤아와 삼촌 얼굴이 나타났다 사라졌다.

"윤아야."

승제가 거울 속에 윤아가 있기라도 한 것처럼 가만히, 속삭이듯 불러본다. 빛나가 아니고 윤아였다면 어땠을까.

09

큰 짐승 같은 업동이

깊은 밤이었다. 프로그램에 따른 순서가 다 끝나고 아이들은 아파트 정문 상가에 있는 네 박자 노래연습실에서 맘껏 소리를 질렀다. 발광을 하듯 노래를 하고 막춤을 원 없이 췄다. 빛나는 여전히 승제에게 치근대듯 손을 잡고 춤을 추려했지만 승제는 같이 몸을 흔들기만 했지 손을 잡거나 하지는 않았다. 가까이 다가갈수록 역겨운 향수 냄새 때문에 호기와 진규처럼 끌어안을 수가 없었다. 아이들은 어른들 흉내를 내며 실컷 놀았다. 어느새 밤 11시가 되어 있었다.

"이제 가자. 여자아이들은 잘 가. 우리 집에 가서 한잔할 거야."

"헐! 너희들만? 우리도 갈게. 나도 한 잔 마시고 싶어. 정말 술 마실 거야?"

빛나가 눈을 빛내며 호기 손을 잡았다.

"안돼! 누나의 엄명이야. 절대 여자는 집에 끌어들이지 말 것!"

"니 네 누나 엠티 갔다며?"

"옆집에 누나 친구가 지키고 있어. 어쩜 지금도 우릴 지켜보고 있을지 몰라."

달라붙는 여자아이들을 떼어 놓고 호기네 집으로 들어갔을 때, 진규가 대뜸 물었다.

"야, 진짜 술 마실 거야?"

"뻥!"

"마셔 보자. 술은 있어?"

"아빠가 마시던 양주가 있긴 있어. 그거 엄청 독한 거래. 승제 너는 술 마셔봤어?"

"아니."

"호기야, 그거 가져와 봐 조금씩만 마셔 보자. 어른처럼 얼음도 가져오고 제대로 마셔보자."

"진규 너 마셔봤어?"

"아니 아빠 친구들이 우리 집에서 마실 때 보니까 그랬어. 영화로도 봤고."

호기는 주방으로 가서 마시다 둔 양주병을 찾아왔다. 얼음과 안줏거리도 꺼내 왔다.

"아빠에게 들키면 안 되니까 조금씩만 마셔. 알았지?"

"알았어."

어리바리 삼총사는 양주잔에 조금씩 술을 따라 입에 털어 넣었다.

"물! 물!"

진구가 소리쳤고

"오오 목 탄다. 이럴 때 우유를 마시는 거야."

승제가 주방으로 달려가 우유팩을 가져왔다.

"죽는 줄 알았어. 무슨 술이 이렇게 독하냐?"

"비싼 양주라서 그런가?"

승제는 우유를 마시고 오이를 아삭아삭 씹어 먹었다. 불탈 것 같던 목이 가까스로 진정되는 듯했다.

"와 죽는 줄 알았어."

"우리 한 번만 더 마셔보자."

"좋아. 마시자. 마지막이다. 아까보다 더 쪼금."

아이들은 또 손톱만큼 술을 마셨다. 여전히 독했다.

"어른들은 이 독한 것을 왜 마시나 몰라."

"어른이 되면 술맛을 알게 될까?"

술병을 치우며 호기가 어 취한다 하며 과장되게 비틀거렸다. 아닌 게 아니라 승제 얼굴에 뜨거운 기운이 올라오며 머리가 도는 것 같았다. 맛만 본 것 같은데 가슴이 활활 타고 온몸에서 뭐가 튀어나올 것 같았다.

"나도 취하나 봐."

승제가 머리를 짚으며 말했고 진규도 어, 어지러워, 하며 비틀거렸다.

"안 되겠다."

호기는 안방으로 가서 쓰러졌고 진규는 호기 방 침대로 비틀비틀 들어가 엎어지듯 쓰러져 버렸다.

승제는 호기 방까지 갈 여유가 없었다. 그냥 소파에 누워 눈을 감았다. 가슴이 답답하고 뭐라고 할 수 없는 압박감과 허탈감, 상실감과 배가 부른대도 허기 같은 게 몰려왔다. 몸을 가눌 수 없을 정도로 붕붕 하늘로 떠오르는가 하면 바닥을 알 수 없는 깊은 나락으로 한없이 한없이 추락하는 것 같은 기묘한 기분이 승제 온몸에 가득 차 있었다. 호기의 잠꼬대와 진규의 코 고는 소리가 거실로까지 흘러와 쓰레기처럼 쌓이는 것을 들으며 승제는 잠이 들었다.

누가 승제 몸을 꽁꽁 묶고 있었다. 굵고 단단한 붉은 밧줄. 놔요! 놔요! 왜 이러세요? 승제가 소리칠수록 붉은 밧줄은 그 소리에 반응하듯 더 세게 조여들었다. 그 누군가가 흐흐 웃으며 일어서서 멀어지고 있다. 풀어주고 가야지요. 풀어줘요. 그러나 승제의 외침은 목에서만 맴돌 뿐 소리가 되어 나오지 않았다. 멀어지던 그 누군가가 뒤돌아보며 히죽 웃었다. 아니! 삼촌! 승제를 붉은 밧줄로 묶은 것은 삼촌이었다. 내 이럴 줄 알았어. 삼촌의 손에 어느새 무기처럼 잘 다듬어진 방망이가 들려 있었다. 그가 다시 히죽히죽 웃더니 방망이를 번쩍 올렸다. 살려주세요! …… 소리는 목에 걸려 나오지 않았다. 엄마! 승제는 소리 없는 고함을 지르다 눈을 떴다.

휴! 승제의 온몸이 다 젖어 있었다. 웅크린 자세로 자고 있었다. 그래서 소리가 안 나온 것일까. 머리가 지근거리며 뭔가가 목을 타고 올라오고 있었다. 승제는 본능적으로 화장실로 달려가 변기 뚜껑을 열었다. 순간 속에 있던 것들이 입에서 울컥 터져 나왔다. 눈물이 찔금. 토사물엔 양주 냄새가 배어있었다. 물을 내렸지만 화장실엔 이미 승제가 토해낸 지독한 냄새가 가득 차 있었다. 몇 번이고 입을 헹궈 내었지만 몸에 달라붙은 냄새는 사라지지 않았다. 아까만큼은 아니지만 머리는 여전히 지근거렸다. 몸에서 나는 냄새 속엔 땀 냄새도 섞여 있었다. 어제 노래방에서 방방 뛰며 흘린 땀에다 소파에서 흘린 식은 땀, 거기다가 승제 코끝에는 어제 빛나에게서 났던 향수 냄새도 떠나지 않고 달라붙어 있었다.

승제는 옷을 벗고 샤워기를 뜨거운 물로 돌렸다. 뜨거운 물이 머리끝에서 쏟아져 내렸다.

호기야, 진규야
잠이 안 와서 샤워했어. 머리 아픈 게 토하고 샤워하니까 좀 나은 것 같아. 아직 3시밖에 안됐어. 동네 한 바퀴 돌고 올게. 술을 마셔서 잠이 안 오나? 아님 잠자리가 바뀌어서일까. 동네 한 바퀴 돌고 올게.

승제는 거실 탁자 위에 메모를 해놓고 집을 나섰다. 바람을 쐬니 아프던 머리도 가라앉고 무겁던 몸도 가뿐해진 느낌이다.

호기네 집을 나설 때는 그냥 동네 한 바퀴 돌고 들어갈 생각이었다. 호기네 현관 비밀번호는 어리바리들이 다 안다. 그런데 걷다 보니 어느새 승제는 자기 집 근처에 와 있었다. 마을버스로 다섯 정거장을 내처 걸은 것이다.

몸은 이제 좋아졌다. 몸에 남아있던 술 냄새도 향수 냄새도 새벽 공기에 씻겨진 듯했다. 대문 앞에서 등을 돌려 다시 호기네 집으로 가려던 승제는 어디선가 희미하게 들려오는 음악 소리를 들었다. 기타 소리. 승제는 마술을 부리듯 귀를 부풀렸다. 알함브라 궁전의 추억. 승제가 입학식 때 들었던 클래식 기타 연주였다. 그런데 그 소리는 CD나 방송이 아닌 직접 연주하는 소리 같았다. 승제는 그 소리를 찾으려는 듯 주위를 둘러보다 고개를 쳐들었다.

승제네 옥탑방에 불이 켜져 있었다. 그 소리는 승제네 옥탑방에서 나는 것 같았다. 알함브라 궁전의 추억은 먼 구름 나라에서 들리는 것처럼 아련하게 들렸다. 멀리서 자동차가 달려가고 승제네 집 옆으로도 술 취한 짐승 같은 오토바이가 트르륵 달려가며 소리를 질러댔지만 기타 소리가 분명히 들렸다. 오히려 조용한 기타 소리가 다른 소리를 덮어가며 이어지는 것 같았다. 기타 소리가 정말 우리 집에서 나는 걸까? 승제는 자기도 모르게 대문 번호키를 누르고 마당으로 들어갔다. 소리는 더욱 선명하게 들려왔다. 아래층 할머니 방은 불이 꺼져 있다. 기타 소리는 분명 옥탑방에서 나고 있었다. 그 방은 삼촌이 관리하는 방이다. 옥탑방에 뭐가 있느냐고 물어보지는 않았지만 그 방은 삼촌이 관리하는 방이다. 연주가 끝났다. 승제가 그렇게 하고 싶었던 클래식 기타 음악을 삼촌이 하고 있다. 방송도 CD도 아니다. 음이 맞지 않는지 조율하는 소리가 몇 번 났고 음을 맞추더니 새로운 곡으로 바뀌었다. 삼촌이 분명했다

승제는 조용히 현관에 붙은 번호키를 누르고 안으로 들어갔다. 2층으로 올라갔을 때 삼촌 방은 환하게 불이 켜져 있었다. 삼촌은 방에 없다. 기타는 분명 삼촌이다. 승제는 도둑고양이처럼 옥탑으로 올라갔다. 옥상엔 기타 소리보다 더 가는 비가 내리고 있었다. 불이 켜져 있고 그 방에서 들려오는 기타 소리. 승제는 옥탑방 벽에 등을 대고 그 소리를 들었다. 기타 줄 여섯 개가 세상 모든 소리로 바뀌어 승제 몸 안으로 들어왔다. 승제 몸에 기타 소리가 가득 찼다.

승제는 다시 조용히 내려와 할머니가 깨지 않게 집 밖으로 나왔다. 대문을 닫자 굵어진 비가 호기 앞을 막았다. 비는 점점 거칠게 쏟아졌다. 비가 커져서 더 이상 나갈 수가 없었다. 승제는 대문간에 기대어 앉았다. 비가 그치면 호기네로 갈 것이다. 집으로 가도 되겠지만 술 냄새나는 몸으로 들어가고 싶지 않았다. 빗소리가 승제 몸에 들어 있는 기타 소리를 지으며 들어왔다. 기타 소리는 점점 희미해졌다.

희미해진 기타 선율은 승제를 시간 저쪽으로 데려갔다. 아빠가 그렇게 반대하던 기타. 그 기타를 승제가 싫어하는 삼촌이 연주하고 있다. 그런데 지금 승제의 마음은 모든 것을 얻고 그 얻은 것을 버린 것처럼 평온해졌다. 엄마 아빠가 살아계셨을 때 그 행복했던 순간들이

나비 떼처럼 날아와 승제 눈앞에서 나풀거렸다. 윤아와 친하게 지내다 언제부터인가 이성 친구로 생각하기 시작하던 초등학교 6학년 시절도 떠올랐다. 참 좋아했는데. 그 윤아는 이제 다른 아이와 사귄다고 사진까지 올렸다. 그런데도 조금도 화가 나지 않았다. 어느새 기타 소리는 끝나고 빗소리만 들려오고 있었다.

"아빠, 나는 정말 기타가 치고 싶었어. 세고비아 같은 연주자, 이병우 같은 연주자가 되고 싶었어. 그런데 아빠는 절대 안 된다고 너만큼 잘하는 사람은 얼마든지 있다고 공부만 하라고 했어. 나중에 대학 가서 해도 늦지 않다고."

빗소리 때문이었을까. 승제는 돌아가신 아빠와 대화를 나누고 있었다.

"아빠 안녕, 아빠……."

오스스 한기가 몰려왔다. 승제는 가슴에 손을 모아 몸 부피를 줄이며 대문에 기대앉았다. 몸은 점점 작아졌다. 작아진 몸 안으로 잠이 몰려왔다. 까무룩 잠이 들었다.

끈질긴 아이의 울음처럼 비는 계속 거칠게 쏟아졌다. 승제는 죽은 듯이 잠들어 있었다. 해가 나왔지만 비에 젖은 해는 어두웠다. 외제 승용차가 승제네 대문 앞을 지나다가 다시 후진했다. 차에서 내린 사람은 50대 후반의 머리 벗겨진 남자였다. 남자는 차에서 내려 잠든 승제를 한참 내려다보더니 대문에 붙은 벨을 길게 눌렀다.

"누구세요?"

아침을 준비하던 승제 할머니가 다급하게 물었다.

"나와 보세요. 지금 밖에 다 큰 짐승 같은 업동이가 버려져 있어요. 나와 보세요."

"그게 무슨 소리세요?"

"나와 보시면 알아요."

남자는 이 말을 남기고 차에 올랐다.

할머니가 부랴부랴 2층으로 올라가 삼촌을 깨우고 대문 밖으로 나왔다.

"승제야!"

할머니와 삼촌이 기겁하며 비명처럼 소리쳤다.

"승제야."

삼촌이 승제를 불렀지만 승제는 깨지 않았다.

삼촌이 얼른 승제를 안았다.

"애가 왜 여기 잠들어 있는 거지?"

"그러게요. 호긴가 하는 친구 집에서 자고 온다더니. 끝나면 전화하랬더니 왜 여기서 잠든 거지요? 혹시 늦게라도 전화가 올까, 하고 기다렸는데."

"내가 뭐랬니? 아직 어린데 밖으로 내 굴리지 말라고 했지?"

"근데 왜 안 들어오고 여기서 잠든 거지요?"

"대문 번호키 번호를 까먹었나?"

"그럼 전화라도 했겠지요. 내가 늦어도 좋으니까 전화하라고 했거든요."

"얘, 술 마신 거 같지 않니?"

할머니가 먼저 말했고 삼촌이 '그런 것 같습니다.'하며 승제를 안은 채 대문 안으로 들어갔다.

"우선 내 방에 누이거라."

승제는 깨지 않았다. 할머니가 혀를 차며 이불을 덮어 주었다.

"어머니, 모른 척하세요. 승제도 이제 어른이 되어 가나 봐요."

"그래, 너도 아버지가 먹다 남긴 맥주를 몰래 마시고 얼굴이 빨개져 있었지. 그게 승제만한 때였지?"

"더 어렸을 때였어요. 아버지 친구분들이 거실에서 술을 마셨는데 술자리가 끝나고 모두 나가셨어요. 아버지도 친구분들 배웅한다고 나갔는데 제가 공부하다가 나와 술잔에 남아있는 맥주를 냉큼 마셨지요. 곧 얼굴이 빨개져서 들키고 말았어요. 그때 아버지가 얼마나 놀렸는지 너, 그거 술 아니고 오줌이야. 했을 때 정말 목에서 오줌 냄새가 나는 것 같았어요. 승제도 그랬겠지요. 어쩜 술을 마시고 그 술을 못 이겨 대문 앞에서 쓰러졌을지도 몰라요. 내가 잠은 가능하면 집에서 자라 했거든요."

승제가 눈을 뜬 것은 비가 그치고 밝은 햇살이 비에 젖은 세상을 말리고 있을 때였다. 승제는 할머니 침대에서 잤다는 것을 알았다.

"어? 할머니 내가 왜 여기서 잠들었어요?"

"생각 안 나?"

그제야 어젯밤 일이 어렴풋이 떠올랐다. 호기네서 나와 다시 가려다가 비가 와서 대문에 기대어 앉았던 일. 그때 방문이 열리며 삼촌이 들어왔다.

"승제 깼니?"

"네."

삼촌이 낯선 사람처럼 느껴졌다. 정말 어제 기타 소리가 옥탑방에서 났을까. 그게 삼촌의 연주였을까? 승제는 꿈을 꾼 것 같았다. 할머니가 간단하게 어제 대문에서 잠들었던 이야기를 했고 업동이가 들어왔다 해서 놀랐던 이야기를 했다.

"누군지 모르지만 참 고마운 분이다. 그분 아니었으면 지금도 대문에서 잘걸. 야단맞고 쫓겨난 아이처럼 말이다."

"엄마, 그만 하세요. 승제 배고프겠어요. 나도 배고프고요."

승제는 자기가 깨기를 기다리느라 모두 점심을 안 먹었다는 걸 알았다. 점심 생각이 없었지만 승제는 일어났다. 비에 씻긴 말간 햇살이 거실 가득 들어차 있었다.

식탁에 구수한 북엇국이 올라와 있었다. 승제 아빠가 술을 마셨을 때 할머니가 끓여 내놓던 그 음식이었다. 삼촌이 북엇국 끓이자 했을 때 할머니는

"아들 해장국에 이어 손자 해장국까지 끓이는구나. 내가 너무 오래 살았나 보다."

했지만 얼굴엔 행복한 미소가 퍼져 있었다.

"어머니 무슨 소리예요. 내가 불효했으니 오래 사셔서 내가 효도하는 것 받으셔야지. 승제가 장가가서 애 낳으면 키워주셔야지. 그래야 형도 기뻐하실 거예요."

"그랬으면 얼마나 좋을까."

점심을 먹고 났지만 승제는 몸에 남아있는 술기운을 느꼈다. 머리가 기분 나쁘게 띵한 느낌이었다.

'참!'

승제는 자기 방으로 가서 바지에서 얼른 핸드폰을 꺼냈다.

핸드폰에 호기와 진규의 카톡이 수북이 쌓여 있었다. 왜 온다더니 안 왔느냐, 부터 머리가 아파 죽겠다는 이야기까지. 늦게 일어나 라면에 밥을 말아 먹는 사진까지 올렸다. 여자아이들의 카톡도 올라와 있었다. 카톡 내용을 다 확인하자 어제 일들이 차례로 떠올랐다. 기타 소리를 듣다가 까무룩 잠든 것까지 다 기억났다.

승제는 핸드폰에서 신용카드를 꺼냈다. 어제 너무 많이 썼다, 는 생각. 이제부터 아껴 써야지. 아빠가 준 돈과는 다르다는 생각을 하며 승제는 책상 제일 밑 다이어리를 꺼내 카드를 보관했다. 삼촌 얼굴이 바람에 떨어지는 꽃잎처럼 잠깐 나타났다가 사라졌다. 이상하게 미워했던 마음이 엷어진 것 같았다. 기타 때문이었을까. 분명 어제와 다른 삼촌이었다.

10

드럼 드럼 드럼

승제가 마음의 빗장을 열기 시작했다. 그러나 입은 열리지 않았다. 승제가 보기에 삼촌은 음악적 감각이 없는 사람이다. 삼촌이 기타를 칠 리가 없다. 그렇다면 그날 저 옥탑에서 들린 알함브라 궁전의 추억은 무엇일까. 승제는 가끔 내가 그날 꿈을 꾸었을까, 하는 생각도 했다. 내가 술에 취했던 걸까. 아니다. 그날 비가 오고 나는 비가 그치면 호기네로 가야지 하다가 잠들고 말았지만 분명 기타 소리가 났다. 방송이나 음반은 아니다. 줄 고르는 소리도 들었다. 분명 들었다, 고 생각했다.

삼촌이 집을 비운 날, 승제는 옥상에 올라가 그 옥탑방의 번호키에다 이런저런 번호, 삼촌 핸드폰 번호며 할머니 번호 같은 걸 입력해 보았지만 키는 말을 듣지 않았다.

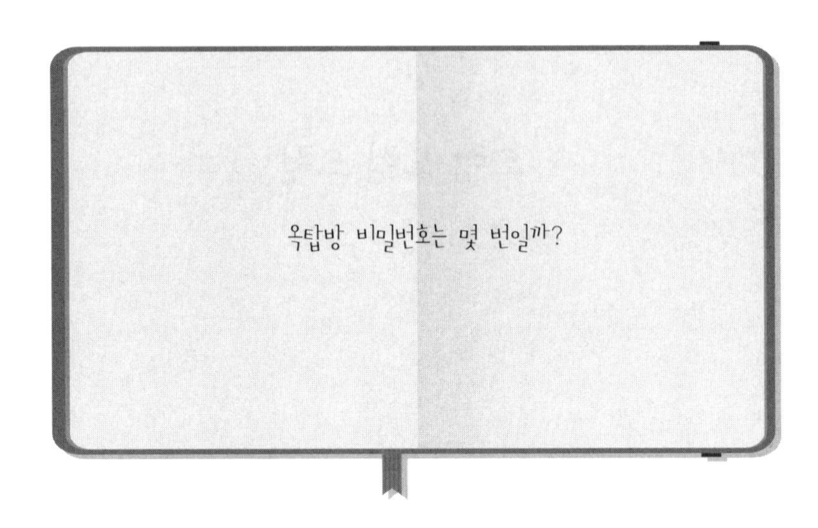

승제는 다이어리에 자신의 마음을 털어놓았다.

어느 날 학교에서 돌아와 보니 삼촌은 보이지 않고 할머니가 옥상에서 빗물을 텃밭에 뿌리고 있었다. 마당에 있는 것보다 훨씬 작은 텃밭이었다. 승제는 할머니를 도와 빗물을 나르며 남의 이야기하듯 물었다.

"할머니, 저 방엔 뭐가 있는데 저렇게 번호키까지 달아놓은 거예요?"

"저 방. 삼촌 책 창고야. 아주 소중한 책들 다 저기 있나 보더라. 나도 궁금해서 물어봤어."

"책 창고요? 누가 요즘 책을 훔쳐 간다고 저렇게 꼭꼭 숨겨요."

"그러게. 왜 저 안이 궁금해?"

"아뇨. 그냥 저 집이 그냥 멋져서요."

"승제야, 이 상추들 봐라. 어쩜 이렇게 싱싱하고 윤기가 나니?"

"빗물로 키워서 그런 거라고 이야기하고 싶은 거죠? 누가 삼촌 엄마 아니랄까 봐."

"나도 빗물이 그렇게 좋은 물이라는 걸 이제야 알았지 뭐냐."

"저도 삼촌 때문에 물중에 가장 좋은 물이 빗물이라는 걸 알았어요."

승제는 빗물 이야기를 하면서도 눈길은 옥탑방으로 자주 갔다. 멀지 않은 시기에 저 방을 볼 것 같은 예감이 물뿌리개의 물처럼 천천히 승제를 적셨다.

삼촌은 그날 아주 늦게 들어왔다. 승제가 막 불을 끄고 누웠을 때 승제가 깰까 봐 조심조심 올라오는 발자국 소리가 들렸다. 발자국 소리는 승제 방문 앞에서 뚝 멈추었다. 승제는 눈을 감고 문밖에 서 있는 삼촌을 느꼈다. 문밖에서 승제를 살피는 삼촌과 자는 척하며 삼촌을 살피는 승제. 정지해있던 발자국 소리는 건너 방을 지나 베란다로 가고 있는 듯했다. 퉁, 퉁, 퉁…… 낮지만 분명한 철 계단 올라가는 소리. 그러나 이내 그 소리는 더 이상 들리지 않았다.

옥탑방으로 가는구나. 승제 눈에서 뜨거운 눈물이 흘러나왔다. 알 수 없는 눈물이었다. 왜 옥탑방을 떠올리면 마음이 울컥해지는 걸까. 승제는 눈물과 함께 잠이 들었다. 자기가 왜 우는지 승제는 알 수 없었다. 승제는, 저 깊은 곳의 또 다른 승제가 삼촌을 불쌍히 여기고 있다는 걸 알지 못했다.

금요일. 종례가 끝나고 담임이 건조한 음성으로 말했다. 아무 감정도 없이 기계음 같은 소리였다.

"고승제는 잠깐 나 좀 보고 가."

호기와 진규가 교실을 나가며 뭔데? 하는 눈빛을 보냈지만 승제는 가만히 고개를 흔들었다. 승제도 알 수 없었다.

혹시? 그날이 떠올랐다. 삼촌과 사회 선생님이 카페로 가던 모습. 삼촌과 관계있는 일일까?

빈 교실. 승제와 담임만 남은 교실에 저녁 빛이 스며들기 시작했다.

"의자 하나 가져와서 거기 좀 앉아라."

조금 전 억양하고는 달라진 톤으로 담임이 입을 열었다. 아버지같이 자애로운 음성이었다. 조금 전 로봇 같은 무표정한 얼굴도 아니었다. 무슨 일일까. 승제는 긴장된 얼굴로 담임 옆에 앉았다.

"승제야, 전학 온 지 얼마나 되었지?"

무슨 소리를 하려는 걸까. 승제는 담임이 삼촌의 후배라는 게 자꾸 신경 쓰였다. 암튼 삼촌은 좋아할 수 없는 구석을 고루고루 갖추고 있다. 잠시 누그러졌던 삼촌에 대한 감정이 다시 원점으로 돌아가고 있었다. 승제는 삼촌에 대한 짜증을 안간힘을 다해 억누른다. 삼촌의 지시로 나를 부른 걸까.

"두 달 좀 넘었어요."

승제는 자기도 모르게 삼촌에게 말하듯 퉁명스럽게 말했다.

"어때, 우리 학교 다닐만해?"

"네."

승제는 맘에 없는 대답을 한다. 어차피 다닐 학교다. 맘에 안 들면 어쩔 것인가. 그리고 문제는 학교가 아니라 삼촌이다. 삼촌 후배들이 있는 학교가 불편하다.

"생활기록부 보니까 전에 다니던 학교에선 공부를 곧잘 했던데……."

결국 성적 이야기다. 삼촌이 시켰을 것이다. 치사하다. 왜 직접 이야기 못 하고 담임을 통해 이야기하나.

승제는 입을 꾹 다물고 고개를 숙였다. 그렇지 않아도 성적이 떨어져 속으로 고민했었고 겨우 마음을 진정시켰는데 담임이 진정된 마음을 긁기 시작한 것이다. 아니 삼촌.

"전 학교에서는 학원 다녔었니?"

"네."

"여기서는?"

담임은 다 알면서 이야기하는 것 같다.

"내가 믿을만한 사람을 소개해 줄 테니 영어 배워볼래? 나에게 머리 좋은 애, 가르치면 공부 잘할 애를 소개하여 달라고 해서 말이야. 친척이고 대학생인데 믿을만한 사람이야. 아르바이트를 구한다, 해서 문득 승제 생각이 난 거야."

"개인 과외요?"

승제는 자기도 모르게 놀란 소리로 물었다.

"왜 싫어?"

"비싸잖아요."

담임이 승제를 보더니 빙그레 웃었다.

"그걸 네가 왜 걱정해. 지난번 전학 오던 날 따라온 네 삼촌, 부자 같던데."

"부자 아니에요."

"그래? 내 보기엔 부자 같던데. 조카 한 명 과외는 충분히 시킬 수 있겠더구먼."

"그냥 학원 다닐래요."

승제는 기분 나빴지만 담임에게 뭐라고 할 수는 없었다.

"그럴래? 네가 빨리 여기에 적응했으면 좋겠다. 호기와 진규랑은 잘 지내지?"

호기와 진규와 친한 건 어떻게 알았을까.

"네."

담임과 이야기를 끝내고 마을버스를 타기 위해 횡단보도를 건너려던 승제는 횡단보도 저쪽에서 건너오는 여자아이를 보았다.

'은화다!'

목련 아파트에 사는 은화가 건너오고 있었다. 윤아를 닮은 아이, 은화가 가방을 메고 모자를 쓰고 걸어오고 있다.

횡단보도를 건너온 은화는 승제 앞을 지나 학교 담을 끼고 골목으로 들어가고 있었다. 승제는 멀찍이 은화 뒤를 밟았다. 아파트 숲에서의 일도 떠올랐다. 그 가느다란 숨결.

승제 짐작대로 은화는 드럼 스쿨로 들어갔다. 처음 봤을 때처럼 드럼 스쿨 맞은편의 편의점으로 들어가 컵라면 하나를 샀다. 컵라면을 먹으며 승제는 드럼 스쿨 건물을 보았다. 승제는 라면 컵을 쓰레기통에 버리고 뭔가 결심한 듯한 얼굴로 편의점 건물에서 나와 드럼 스쿨 안으로 들어갔다. 드럼스쿨↓ 안내 표시를 따라 승제는 계단 밑으로 걸어갔다. 드럼 소리가 먼 소리처럼 아주 희미하게 잡혀왔다. 지하 1층. 유리창 안으로 드럼 교실이 다 보였다. 조그만 방들이 나란히 붙어있는데 유리문이어서 드럼이 보였다.

"드럼 배우게?"

굵은 남자의 소리에 승제는 화들짝 놀라며 얼떨결에 네! 하고 대답하고 말았다. 문 안을 들여다보느라 누가 승제 옆으로 내려온 줄도 몰랐다.

"들어가자."

굵은 목소리 아저씨를 따라 승제는 안으로 들어갔다. 안으로 들어갔는데도 드럼 소리는 더 커지지 않고 약하게만 귀에 달라붙었다. 은화가 치는 소리일까…… 굵은 목소리 아저씨는 승제를 사무실 안으로 데리고 들어갔다.

"거기 앉아. 주스 한 잔 줄까?"

"아니오."

승제는 비로소 내가 뭐하는 짓이지? 하는 생각에 두 손을 비볐다. 당황할 때 나오는 버릇이었다.

"중학생 같은데 어떻게 드럼 배울 생각을 했어?"

"그냥요."

승제는 드럼 배울 생각을 한 적이 없었다. 그러나 은화라는 여자아이 때문이라고 솔직히 말할 수는 없는 노릇이었다.

"그냥이라…… 다른 악기 배운 적 있어요?"

"아뇨. 아 초등학교 때 피아노 조금요."

"조금? 바이엘은 마쳤어?"

"네."

"잘했네. 바이엘 시작해놓고 도중하차도 수두룩하거든."

승제는 중학교 입학식 날 기타를 배우고 싶었지만 아버지 반대로 꿈을 이루지 못했다고 말할까 하다가 그만두었다.

"뭐 때문에 드럼을 배우고 싶은데?"

승제는 대답하지 못했다.

"중학교 2학년?"

"네."

"뭐 때문에 드럼을 배우고 싶었을까?"

아저씨는 난감한 얼굴로 승제를 보았다. 난감하기는 승제도 마찬가지였다. 나는 여기에 뭐하러 온 것일까.

잠시 생각하던 아저씨가 다시 입을 열었다.

"이름이?"

"고승제요."

"고승제…… 우리 이렇게 하자. 네가 정말 드럼을 배우고 싶은지 우선 일주일만 연습해봐. 일주일 후에 더 하고 싶으면 정식으로 등록해. 괜찮지?"

"네."

"좋아. 그럼 연습해볼까? 오늘부터 괜찮지?"

"네."

아저씨가 다시 승제를 데리고 사무실 밖으로 나왔다.

"은화야!"

아저씨가 드럼 연습실로 보이는 곳의 유리문을 똑똑 두드렸다. 제일 끝에 있어서 밖에선 안 보였던 방이다. 안에서 문이 열렸고 은화가 모습을 드러냈다.

"이 애 연습 좀 시켜라. 드럼은 처음이란다. 잘할 수 있는지 네가 연습시켜 봐"

"네. 원장님."

헐! 승제는 애써 놀란 마음을 눌렀다. 이 애가 여기서 드럼을 가르치는 거였어? 그런데 왜 안 보였지? 도대체 몇 시에 가르치고 나가는 걸까? 원장은 승제를 은화에게 맡겨놓고 아예 학원 밖으로 나가버렸다.

"대한중 다니는구나. 몇 학년이야?"

은화가 싱긋 웃어 보이며 말했다.

"2학년."

"나도 중2야. 니네 학교는 아니고."

그래서 은화를 학교에서 찾을 수 없었던 것이다.

"제일 처음 온 학생은 이 방에서 연습해."

은화는 승제를 좁고 긴 방으로 데려갔다. 어리지만 많이 가르쳐 본 솜씨다. 조금도 어색하지 않고 자연스럽다. 방에는 작은 고무 의자 같기도 하고 작은북 같기도 한 것들이 5개 나란히 놓여있었다. 이게 뭐지? 하는데 은화가 교실 벽 한쪽에 붙은 수납장에서 스틱 두 쌍을 꺼내왔다.

은화는 조그만 북 같은 것 위에 스틱 두 개를 나란히 놓더니 그 앞에 앉았다. 아 저게 장난감 드럼이구나. 설마 이걸로 배우는 건 아니겠지?

"오늘은 스틱 잡는 법, 그리고 연습 패드 두드리는 것부터 연습하자."

"드럼 치는 게 아니고?"

"이게 연습 패드야 여기서 두어 달 연습하고 진짜 드럼실에서 연습하는 거야. 거기 앉아."

헐! 장난감 같은 게 그러니까 모형 드럼, 연습 패드?

은화가 스틱 한 쌍을 승제 연습 패드에 놓고 나서 자기 앞에 놓인 연습 패드를 툭, 툭, 툭, 툭…… 툭툭, 툭툭, 툭툭, 툭툭…… 두드리기 시작했다. 진짜 드럼이 아닌데도 손놀림이 현란했다. 나도 저렇게 할 수 있을까. 승제는 멍하니 은화를 보았다. 똑같은 리듬, 일정한 패턴으로 연습 패드를 두드렸다. 전력 질주를 하다 낭떠러지로 툭 떨어져 내린 것처럼 은화 손이 뚝 멈추고 소리도 끊겼다. 승제는 아무 말도 할 수 없었다. 내가 이처럼 현란한 소리를 낼 수 있을까.

"이 막대가 스틱이야. 이렇게 잡아 봐. 엄지와 검지로 스틱의 무게 중심을 잡는 거야. 여러 가지 방법이 있지만 우선 양손 똑같이 잡는 매치드 그립(matched grip)으로 잡고 연습하자."

은화가 스틱을 잡아 보였다.

승제가 엄지와 검지를 이용해서 스틱을 잡았다.

"어렵게 생각하지 마. 편안하고 자연스러워야 해. 꽉 쥐지 말고 스틱이 떨어지지 않을 정도로만 쥐어. 좋아. 그렇게."

승제는 스틱을 조심스럽게 잡았다.

"너무 꽉 쥐면 다양한 기법을 구사할 수 없어. 힘이 들어가서 오래 연주하기가 어렵거든."

승제는 말 잘 듣는 아이처럼 은화가 시키는 대로 스틱을 잡았다. 은화는 그 옆의 의자에 앉더니

"봐봐. 하나, 둘, 셋, 넷, 하나, 둘, 셋, 넷……이게 풀 스트로크야. 농구공 튀어 오르는 것처럼. 이건 다운 스트로크. 드럼을 연주한 후 스틱이 탁! 완전히 튀어 오를 때 이 높이보다 낮은 위치에서 멈추게

하는 거야. 오늘은 우선 풀 스트로크로 탁 탁 탁 탁 연습해."

은화는 자연스럽게 두드리기 시작했다.

"박자가 일정해야 돼."

승제는 은화와 똑같은 박자로 연습 패드를 두드렸다.

"빨라지거나 느려지면 안 돼. 똑같은 박자로 탁, 탁, 탁, 탁 그래 그래 좋아."

승제는 계속 연습 패드를 두드렸다. 은화가 계속 같이 두드리며 일정한 박자가 되도록 도와주었다.

승제가 연습하는 동안 다른 연습생들이 들어와 드럼 연습실로도 들어가고 연습 패드가 있는 –승제가 연습하는– 방으로도 들어왔다. 은화는 다른 학생들의 연습하는 것을 봐주기 위해 일어서서 다른 학생들을 연습시켰다. 어느새 원장이 들어와 연습하는 학생들을 가르치기 시작했다. 은화는 그러니까 보조교사, 새끼 선생이었다. 나이 많은 어른 학생들도 연습 패드 방으로 들어와 연습했다. 그들은 어른인데도 은화를 깍듯이 선생님이라 불렀다.

"집에서 연습할 때는 메트로놈 박자에 맞추는 게 좋아. 핸드폰으로 다운받아서 연습해."

은화는 핸드폰을 꺼내 메트로놈 어플을 열고 4/4박자 60에 맞추었다.

뚝 딱 뚝 딱, 핸드폰 메트로놈이 일할 준비를 하기 시작했다.

"자 준비 시작!"

승제는 재빨리 은화를 따라 스틱을 두들기기 시작했다.

어느 만큼 연습했을까. 짝짝짝! 원장이 승제 옆에서 박수를 보내 주었다.

"음악을 안 했다더니 리듬감이 있는데. 오늘은 여기까지 하고 시간이 있을 때 아무 때나 와서 연습해. 토요일 일요일 말고는 오후 3시 이후에 오면 돼. 힘들면 안 와도 돼. 한 달쯤 하다 그만둘 거면 아예 시작하지 마. 초보치곤 감각이 있네. 은화 생각은 어떠니?"

"네. 잘할 것 같아요. 열정만 있다면요."

열정만 있다면. 승제는 그 말을 마음에 새겼다. 열정만 있다면.

"그래 일주일쯤 해보고 계속 다닐 것인지 결정해라. 은화야, 부탁한다."

"네 원장님."

은화가 환하게 웃으며 시원스럽게 대답했다.

"그럼 은화도 이제 집에 가."

"아빠, 너무 늦게 오지 마세요."

"그래 알았다."

아빠? 그럼 이 애는 원장 딸? 그러고 보니 두 사람은 닮아 보였다.

"그럼 가 보겠습니다."

승제가 인사를 하고 나오는데 은화도 가방을 메고 따라 나왔다. 이 애도 마을버스 5번을 타겠구나. 승제는 그러나 아무것도 모른 척 앞장서서 마을버스 정거장으로 갔다.

"너도 이거 타니?"

마을버스 5번이 오자 은화는 놀란 얼굴로 말했다.

"네 선생님."

은화가 소리 없이 웃으며 먼저 버스에 올랐다. 자리가 많이 비었지만 승제는 은화 옆에 앉지 않고 뒤로 가서 앉았다. 버스는 금방 승제네 동네에 도착했다. 승제는 말없이 손을 흔들었고 은화는 고개만 까닥해 보였다. 버스는 이내 사라졌다. 승제는 버스가 사라진 쪽을 한참 바라보다가 집으로 향했다. 땅거미가 지는 길. 그러나 승제는 그 길이 새롭게 느껴졌다. 집으로 가는데 자꾸 웃음이 나왔다. 눈에 보이는 모든 게 새롭다.

승제는 그날 인터넷을 통해 드럼 카페에 가입했다.

이상하게 잠이 오지 않았다. 다이어리를 꺼냈다.

은화는 드럼스쿨 원장의 딸이다. 중2인데도 아주 잘 가르친다. 아직 드럼 맛을 보지 못했다. 연습 패드로 탁 탁 탁 탁 두드렸다. 인터넷으로 스틱과 연습 패드, 스틱 가방을 주문했다. 삼촌이 준 카드를 아주 유용하게 썼다. 삼촌이 나에게 준 도움. 아빠였으면 어림도 없는 일이었다.

궁금 - 은화는 무슨 요일, 어느 시간에 가르치는 걸까. 왜 그동안 보지 못했을까.

드럼 스쿨 이틀째. 승제는 50분 동안 연습 패드 두드리는 연습을 했다. 승제 시간이 끝났을 때 40대 남자가 들어와 연습실로 들어갔다.

드럼 스쿨 셋째 날. 승제는 우산을 들고 드럼 스쿨에 도착했다. 내일까지 소나기가 자주 온다는 예보다. 드럼 스쿨에는 은화밖에 없었다. 원장은 보이지 않았다.

"또 비 오니?"

"어."

승제는 연습 패드 의자에 앉으며 짧게 대답했다.

"원장님은?"

"어. 오늘 출판사에 가셨어."

"출판사?"

"드럼 교본을 내기로 했거든."

"와 대단하시다."

승제는 고무 패드를 바로 놓다 말고 탄성을 질렀다.

"집에서 연습했어?"

"응. 조금."

승제는 자기 전과 아침에 일어나 침대에서 자기 배를 두드리며 연습했다.

"스틱과 고무 패드 주문했어. 오면 더 열심히 연습할 거야."

"벌써? 대단하네. 자 앉아서 해봐."

승제는 은화가 하던 것처럼 핸드폰을 꺼내 메트로놈을 살려냈다. 4/4박자. 빠르기는 60.

하나 둘 셋 넷 메트로놈이 넷을 할 때 승제는 재빨리 손을 올려 메트로놈 하나에 스틱을 맞추어 나갔다.

뚝 딱 뚝 딱 뚝 딱 뚝 딱 …… 승제는 메트로놈 소리에 귀를 기울이며 정확하게 박자를 맞추어 나갔다. 아무 생각도 나지 않았다. 그리고 이틀 연습했을 뿐인데 오늘은 스스로 생각해도 리듬감이 살아나고 있다는 생각이 들었다.

"잘했어."

은화가 손뼉을 딱 치며 승제의 연습을 중지시켰다.

"이제 빠르기를 조정하면서 연습해봐. 나는 연습실에 들어가 연습할 테니까 너 혼자 연습할 수 있겠지?"

"어."

뭔가 서운했지만 승제는 표시를 내지 않았다. 아직 학원에 등록도 안 했으니까 뭐라고 할 형편이 아니었다.

11

폴 폴 다운 다운

비가 계속 내리기 때문인지 요일이나 시간이 그래서 그러는지 드럼 스쿨엔 은화와 승제뿐이었다. 승제는 연습을 멈추고 은화가 연습하는 드럼실을 들여다보았다. 방음유리로 둘러싸여서 소리는 희미하게 들렸지만 유리벽으로 은화의 모습이 다 보였다. 드럼 치는 은화는 참 멋졌다. 아까 스틱 잡는 것을 가르치며 승제 손을 잡았을 때의 그 두근거림과 떨림과는 다르게 승제 마음은 또 다른 열기가 가득해졌다. 나는 언제쯤 저렇게 잘할 수 있을까. 승제는 돌아서서 연습 패드 연습실로 들어가 앉았다. 투 탁 투 탁…… 승제는 메트로놈에 귀를 기울이며 두 손으로 움직였다. 투 탁 투 탁…… 처음에는 메트로놈에 맞추느라 몸이 경직되어 있었지만 시간이 지나면서 몸 전체가 부드러워졌다. 온몸으로 투 탁 투 탁…… 승제는 자기도 모르게 4박자 리듬에 맞추어 몸을 움직였다. 눈에는 보이지 않는 몸의 흔들림.

학원 안으로 들어온 원장이 멈칫해서 승제가 연습 패드 두드리는 것을 보았다.

원장의 귀에 승제의 고무 패드 두드리는 소리가 정확하고 섬세하게 들렸다.

'고무 패드를 가지고 저렇게 진지하게 연습하는 놈은 첨일세. 지금 온몸으로 연습하잖아. 녀석. 물건일세.'

원장은 가만히 듣기만 했다. 승제 이마에서 땀이 송송 맺히고 있었다. 가만히 듣기만 하던 원장이 짝짝짝 박수치며 승제를 중지시켰다.

"잘했어. 이번에 조금 빠르게 8분 음표 연습이야. 폴 스트로크를 충분히 연습하고 다운 스트로크로도 해 보자."

원장이 하얀 칠판에 코팅된 대형 악보를 자석으로 고정시켰다.

원장이 악보를 보며 먼저 폴 스트로크로 연주했다. 승제가 따라 했다. 연습은 끝없이 이어졌다. 얼마나 시간이 지났을까. 승제 이마에서 땀이 흘러나왔다.

"이번엔 다운 스트로크. 이렇게 탁 튀어오를 때의 높이보다 여기, 이렇게 낮은 위치에서 멈춰야 해."

원장은 악보의 8분 음표들을 다운 스트로크로 두드렸다

"천천히 원앤, 투앤, 트리앤, 포앤, 원앤, 투앤, 트리앤, 포앤……."

"스틱을 멈추게 하려고 이 손이나 손가락에 힘을 주면 안 돼. 스틱을 이렇게 꽉 쥐고 스트로크하면 자연스럽지 못해. 힘이 들어가면 안 돼. 힘을 빼야 해. 이렇게 탁 올라올 때 스틱을 잡아주는 것은 많은 힘이 필요한 게 아니야. 스틱과 대화를 해. 그래야 진정한 드러머가 되는 거야. 스틱의 속내를 파악해야 어느 정도로 세게 스트로크를 할 것인지 어느 정도의 힘으로 멈추게 해야 가장 좋은 소리가 나는지 스스로 알게 되는 거야. 자 스틱을 잡고 해 봐. 손목이나 손에 힘주지 말고. 원앤, 투앤, 트리앤, 포앤, 원앤, 투앤, 트리앤, 포앤……."

원장이 드럼을 두드리며 말로도 박자를 세어나갔다.

승제는 원장을 따라 다운 스트로크를 연습했다.

얼마나 시간이 흘렀을까. 원장이

"폴!"

하며 폴 스트로크로 바꾸어 연주했다. 승제는 당황해서 따라갈 수가 없었다. 그저 넋을 놓고 원장의 연주를 바라보았다.

"다운!"

다시 원장이 소리치듯 말하며 주법을 바꾸었다.

승제도 스틱을 잡았다. 그걸 본 원장이

"천천히 폴!"

하고 승제를 끌어가기 시작했다. 승제는 집중하며 원장을 따라갔다.

"천천히 다운!"

처음에는 원장의 흉내였지만 승제는 차츰 자기의 리듬을 만들어나갔다. 메트로놈과 스틱이 내는 소리가 거의 완벽하게 맞아떨어졌다.

폴 폴 다운 다운…… 주법을 바꾸며 연주하는 동안 연습 패드는 탁

탁 소리를 냈지만 승제 몸은 땀을 만들어내고 있었다. 이마며 콧등에 젖어 나갔다. 온몸에 땀이 흠뻑 나 있었다.

'그놈 거참. 연습 패드로 이렇게 신나게 하는 놈은 첨이야. 조금도 지루해하지를 않네. 이렇게 진도가 빠른 놈은 첨이야. 우리 은화보다 나아.'

원장이 호주머니에서 손수건을 꺼내 승제에게 내밀었다. 그제야 승제는 자기가 땀을 흘리며 연습 패드를 두드렸다는 것을 알았다. 다른 곳에 다녀온 기분이었다. 내가 다녀온 곳이 어디일까. 리듬만 살아있는 곳. 꿈을 꾼 것 같기도 했다. 고무 패드를 두드리는 동안 다른 곳에 살다 온 것 같았다.

"고맙습니다."

승제는 원장이 내미는 손수건으로 얼굴을 닦았다. 승제는 얼굴만이 아니라 온몸이 흠뻑 젖었다는 걸 알았다. 손수건을 짜면 물이 나올 정도로 물수건이 되고 말았다.

"빨아다 드릴게요."

"아니다. 승제라고 했지?"

"네."

승제 얼굴은 기쁨으로 환하게 빛나고 있었다.

"아버지가 뭐 하시는 분이니? 혹시 음악을 하셨나?"

원장은 손수건을 걷어가며 물었다.

"아뇨. 식당을 하시다 돌아가셨어요. 음악을 좋아하지 않았어요.

노래는 좀 잘하셨고요."

"엄마는?"

"엄마는 노래 못했어요."

"그래?"

원장은 고개를 갸웃했다. 돌연변이인가? 부모 중에 음악 하는 분이 있나 했더니. 원장은 생각만 하고 입을 열지는 않았다.

은화가 승제네 방으로 들어왔다.

"아빠 언제 오셨어요?"

"조금 전에. 연습 잘 되니?"

"열심히 하긴 하는데 마음에 차지는 않아요."

"토요일이지만 은화는 내일도 나와서 연습해라. 대회 날이 얼마 남지 않았잖니."

"네 그러려고요."

승제는 은화가 나가는 대회가 무슨 대회인지 궁금했지만 속으로만 생각했다.

"승제도 내일 나올래?"

원장은 덤덤하게 지나가는 말처럼 물었다. 말은 그렇게 하면서도 나오든, 나오지 않든 맘대로 하라는 투였다.

"내일 토요일인데 나와도 돼요?"

"은화가 연습해야 해서 어차피 학원 문을 여니까 나오려면 나오든가."

"몇 시에요?"

"점심 먹고 2시쯤."

"고맙습니다. 2시에 나올게요."

승제는 어린아이처럼 환하게 웃었다.

"참 승제야, 학원 계속 다닐 거야?"

여전히 지나가는 말투의 원장.

"네. 다닐 겁니다. 아주 재미있어요."

"아빠, 승제 연습 패드하고 스틱도 준비했대요."

"그래? 그럼 잠깐 들어올래?"

승제는 원장실로 따라갔다.

원장은 책상에 세워진 탁상 달력을 보며 물었다.

"무슨 요일이 좋겠니? 다른 학원은 무슨 요일에 가니?"

"저 학원 안 다녀요."

"그래? 그래도 성적이 제대로 나오니? 우리 은화는 날마다 다녀도 그 나물이 그 나물인데."

"네?"

"학원 다녀도 성적이 신통찮다는 소리다. 무슨 요일에 나올래? 일주일에 몇 번 나올 수 있니?"

"매일 나올 수 있어요."

"매일 나와서 연습하는 것은 맘대로 해. 그래도 레슨 일은 정하자. 일주일에 두 번 나올 수 있어?"

"네. 무슨 요일로 할까?"

"월, 수로 해 주세요."

"월, 수. 시간은 학교 끝나고 4시부터 괜찮지? 대한 다니니까 수업 끝나면 바로 와서 연습해. 그리고 이건 학원 등록 원서. 내일 올 때 적어 가지고 와."

"네 고맙습니다."

승제가 서류 봉투를 들고 원장실을 나왔을 때 은화가 기다리고 있었다.

"아빠 저도 가요."

"원장님 안녕히 계세요."

승제는 꾸벅 인사하고 은화와 학원을 나왔다. 나란히 마을버스 정류장으로 향했다.

"할 만하니? 계속할 거야?"

"어. 계속할 거야. 넌 언제부터 한 거야?"

"초등학교 2년 땐가? 아빠가 학원을 차리니까 자연스럽게 학원을 드나들며 놀았어. 처음엔 스틱 가지고 장난치다가 레슨 시키는 아빠를 어깨너머로 보며 이것저것 연습했어. 정식으로 레슨 받은 건 3학년 겨울 방학부터. 아빠는 내가 드럼 하는 게 싫대. 그냥 평범한 여자가 되어 좋은 남자 만나 잘 사는 게 꿈이래."

어디서 들어본 소리다. 승제 아빠도 그런 소리를 했다. 정하고 싶으면 대학 가서 하라고 했다.

"왜 엄마 아빠는 다 그런 소리를 할까?"

"니네 아빠 엄마도 그랬어?"

"응 기타 배우고 싶었거든."

"근데 드럼은 어떻게 배우려고? 집에서 반대할 텐데."

"몰래 다니려고."

"야, 안 돼."

골목 끝, 건널목이 보이는 곳에서 은화가 멈췄다.

"너 오늘 학원등록 원서 받았지? 거기 학부모 동의받는 데 있어. 너처럼 몰래 다니다가 우리 아빠 혼난 적이 있어. 꽤 괜찮게 하는 오빠였는데 그 집 어른들이 다 몰려와서 어린애 꼬여서 딴따라 시키려 했다고, 얼마나 난리를 치는지. 꽤 고위층 사람이야. 학원 문 닫게 한다고 난리를 쳤어. 그러고 나서 등록 원서를 다시 만들었어. 학부모 동의서가 들어간 원서. 그리고 전화로 꼭 확인해 이렇게 늦게 가면 어른들 뭐라 안 해?"

"도서관에서 있다 온다고 했어."

건널목을 건넜을 때 마을버스 5번이 달려왔다.

'나는 어떡하지? 동의서에 삼촌이 도장을 찍어줄까?'

집으로 오는 동안도 승제는 동의서에 골몰했다. 어떻게 삼촌의 마음을 얻어내지?

승제는 저녁을 먹으며 할머니와 삼촌 눈치를 살폈다. 할머니 말대로 이제 보호자는 삼촌이다. 할머니 도장을 받아갈 수는 없다. 어쩌지?

"왜 반찬이 입에 안 맞아?"

시원찮게 밥을 뜨는 승제를 보고 할머니가 걱정스럽게 물었다.

"아니에요. 맛있어요."

승제는 어색할 정도로 크게 말하며 밥을 푹 떴다. 그런 승제를 삼촌이 유심히 보았다.

'애가 왜 오늘 안절부절이지.'

저녁을 다 먹고 나서 승제 방으로 올라가는데 뒤따라온 삼촌이 승제 마음을 읽은 것처럼 입을 열었다.

"승제야, 요즘 몇 시에 학교 끝나니?"

"3시요."

"끝나고 학교에서 놀다 오는 거야?"

"아뇨."

"그럼 어디 갔다가 오는데."

"도서관요."

우선 둘러대었지만 승제는 마음이 편하지 않았다. 될 대로 되라는 심정이기도 했다. 기타 이야기를 꺼냈을 때 극렬하게 반대하던 아빠가 떠올랐다. 이번엔 물러나지 않아. 더구나 삼촌은 아빠가 아니잖아. 아빠도 아닌 삼촌이 나를 이래라저래라 하면 나도 가만있지 않을 거야. 반대하면 가출해 버릴 거야. 한바탕하고 나가야지.

승제의 마음은 극으로 치달았다. 그때의 상처가 덧나며 승제는 평정심을 잃고 말았다.

저녁을 먹고도 승제는 자기 방에 한참을 앉아있었다. 책상 위에 펼쳐놓은 드럼 학원 등록서. 보호자 동의서와 보호자 연락처를 적게 되어 있었다.

반대하면 가출해 버릴 거야. 한바탕하고 나가야지…… 막 나갈 것처럼 생각했지만 삼촌에게 정작 나서지 못하고 시간을 죽이고 있는 것이다. 집안은 조용했다. 삼촌 방에서도 아무 소리도 들리지 않았다.

승제는 마침내 일어섰다. 똑 똑 똑 승제는 조심스럽게 삼촌 방문을 두드렸다.

"삼촌."

"승제야, 들어와."

삼촌은 영어로 된 두꺼운 책을 읽고 있었다. 잔잔한 클래식 기타 음악이 방에 가득 차 있었다. 문득 옥탑방이 떠올랐다. 승제는 학원등록서를 삼촌 책상 위 펼쳐진 영어책 위에 올려놓았다.

"이게 뭐니?"

삼촌은 의아해하며 승제가 놓은 학원등록 원서를 보았다.

"드럼 스쿨?"

"네."

"드럼 배우게?"

"네."

"지붕 안 무너진다. 거기 앉아라."

승제는 삼촌 얼굴이 굳어지는 것을 보았다.

"어떻게 드럼 배울 생각을 한 거야?"

"그냥요."

은화 때문이라고 할 수는 없는 일이었다.

"그냥……."

삼촌이 덤덤하게 되받았다.

"앞으로 드럼 전공하게?"

삼촌이 뜻밖의 질문에 승제는 말문이 막혔다. 거기까지는 생각해 보지 않았다.

"그 생각은 안 해 봤어요."

"나는 승제가 좀 더 공부에 힘썼으면 좋겠어."

"공부도 열심히 할게요. 약속해요."

"그럴 수 있겠어? 약속한다면 동의서 써 줄게."

"약속할게요. 드럼 배우게 해 주면 공부 열심히 할게요."

"드럼을 배운다면, 드럼 실력이 느는 만큼 공부도 더 열심히 할 수 있겠니?"

"네."

"넌 어느 교과가 제일 어렵니?"

"영어요."

"국어는 괜찮아?"

"국어는 좋아해요."

"영어도 잘했었잖아."

"아빠가 영어 학원 꼭 다니게 했어요. 방학 때는 특별 과외도 했고요."

"그럼 나하고도 그렇게 하자. 영어 과외는 내가 시켜줄게. 괜찮지? 그렇게 했는데도 성적이 신통치 않으면 드럼 끊는 거다. 그래도 되겠니?"

"좋아요. 할게요."

승제는 자기도 모르게 큰 소리로 말했다. 드럼을 위해서라면 더 한 일도 할 것 같았다.

"약속할 수 있지?"

"네, 약속해요."

승제는 다른 소리를 할 수가 없었다. 드럼은 그만큼 절실했다. 그게 은화 때문일 수도 있지만 승제는 드럼을 배우고 싶었다. 어둡고 불안한 승제 몸이 그걸 간절히 원하고 있었다. 드럼만 배우게 해 준다면 삼촌의 모든 걸 받아줄 수 있을 것 같았다.

"드럼 학원에 등록하면 공부도 열심히 할게요."

"그래. 우리 약속한 거다?"

그렇게 승제는 드럼을 택하며 모든 걸 삼촌에게 양보했다.

드럼 스쿨에 등록했고 주문한 연습 패드가 도착했다. 고무 패드가 붙은 스탠드와 휴대하기 좋은 가방. 메트로놈은 우선 휴대폰 어플을 사용하기로 했다.

승제는 집에 있는 시간 대부분을 드럼 연습하는 데 썼다. 음악 없이 탁 탁 탁 탁 리듬 연습만 하는 건데도 조금도 지루하지 않았다. 은화를 따라잡으려면 은화와 같이 연습할 수 있으려면 더 연습밖에 없다고 생각한 승제였다.

"승제야, 저녁 먹자."

삼촌이나 할머니가 문을 두드려도 못 듣고 연습에 골몰하는 승제를 보며 할머니는 삼촌에게 넌지시 말했다.

"승제 드럼 하고 나서 얼굴이 환해지는 것 같지 않니?"

"어머니 보기에도 그렇지요? 저에게도 요즘 덜 까칠해요."

"저러다 공부 안 하고 드럼만 친다고 하면 어쩌지?"

"공부도 한다고 약속했으니 좀 지켜봅시다. 승제에겐 드럼이 약인 것 같아요."

"나도 그 생각을 하긴 했다. 저도 얼마나 힘들게 살고 있겠니? 어디에라도 마음을 붙여야지."

12

우리 집에 무슨 일이 일어나고 있는 걸까

엄마가 돌아가시며 차갑게 찾아온 그늘, 그 그늘이 채 걷히기도 전에 찾아온 아빠의 죽음은 승제가 감당하기 힘든 것이었다. 거기다가 삼촌의 독특한 등장으로 승제의 평정심은 한계에 다다랐다. 그런 승제에게 어리바리 삼총사는 큰 힘이 되어 주었다. 호기와 진규는 고마운 친구였다. 호기와 진규보다 성적이 좋은 경돈이는 슬그머니 빠져나가 뜸해졌지만 승제는 자기에게 손 내밀어준 호기와 진규가 늘 고마웠다. 뭔가 자기와 어울리지 않는 친구라는 생각이 들 때가 있기는 있다. 그게 뭐라고 딱히 말할 수는 없지만 호기와 진규는 지금까지 승제와 만난 친구들과 영 딴판인 친구들이었다. 성적만이 아니라 인문학적인 소양도 승제와는 크게 차이가 났다. 대화를 나누는 동안 셋은 그걸 자주 느꼈다. 승제는 잘난 척하지 않고 늘 호기와 진규에게 자신을 맞추려 했다. 호기와 진규는 그런 승제의 배려와 이해를 은근 즐겼다. 승제 삼촌, 검색 엔진에 걸리는 유명 인사가 보호자인데도 조금도 내색하지 않는 것도 좋았다.

승제의 시간표는 드럼 스쿨과 은화에 맞추어져 있었다. 어느새 승제는 드럼과 은화를 깊이 좋아하고 있었다. 서윤아를 닮은 은화는 윤아의 장점들만을 모아 놓은 것처럼 보였다. 은화에게 이미 남자 친구가 있다는 것을 알면서도 승제의 마음은 자꾸 은화에게 쏠렸다. 은화에게 남자 친구, 그것도 승제 또래가 아니고 고등학생 같은 큰 벽이 가로막고 있다는 것을 알고 있으면서도 은화에게 향하는 마음을 버릴 수가 없었다. 윤아에게 향했던 마음보다 더 간절한 마음이 승제 마음에서 자라고 있었다. 승제가 어떻게 할 수 있는 마음이 아니었다.

드럼 연습을 하며 승제는 삼촌과 영어 공부도 시작했다. 삼촌의 영어 교수 방법은 지금까지 만난 어떤 선생님보다 섬세하고 정확했다. 승제의 부족한 부분을 정확하게 짚어냈고 그 부족한 부분을 어떻게 채워야 하는지도 잘 알고 있었다. 미국에 살다 돌아와서인지 발음도 정확했다. 교재와 교과서 공부 말고도 승제 혼자 어떻게 공부해야 하는지를 가르쳐 주었다.

그러나…… 삼촌은 삼촌이었다. 아무리 삼촌이 친절하고 다정하게 다가와도 승제 마음엔 엄마 아빠가 차지했던 마음을 쉽게 녹이지 못했다. 아무리 삼촌이 다가가도 승제 마음에 삼촌이 들어설 구석은 없었다. 드럼을 배우며 마음을 열었는데도 삼촌은 여전히 삼촌이었다. 더 이상 가까워지지는 않았다. 둘 사이엔 여전히 좁혀지지 않은 거리가 놓여있었다.

승제는 나름대로 노력하고 있었다. 삼촌과 잘 지내기 위해 더 열심히 드럼 연습을 했고 공부에도 있는 힘을 다했다. 그런데 이상하게 삼촌과 가까워지면 가까워질수록 엄마, 아빠 생각이 더 났다. 엄마 아빠 생각을 하며 눈시울을 적신 게 한두 번이 아니었다.

그런 승제의 마음을 다잡아 준 것은 드럼이었다. 승제는 시도 때도 없이 드럼 연습을 했다.

'나에게도 드럼 연습실, 방음이 완벽한 드럼실이 있으면 얼마나 좋을까?'

승제는 이런 생각을 자주 했다. 삼촌 때문에 할머니 때문에 마음 놓고 연습 패드를 두드릴 수가 없었다.

드럼 스쿨 한 달. 승제는 연습 패드를 마치고 드럼 연습실로 옮겨갔다. 승제는 꿈을 꾸는 것 같았다.

"승제야, 네가 열심히 했기 때문에 드럼실로 옮기지만 연습 패드로 스트로크 연습은 꾸준히 해야 해. 알겠지. 악기는 하루라도 쉬면 단번에 알아채고 둔한 소리, 꾸물거리는 소리, 축축한 소리를 내거든. 네 눈빛 같은 소리를 내도록 늘 준비해. 알겠니?"

원장님이 진지하게 말했다.

"네 열심히 연습하겠습니다."

"승제야, 축하해."

은하가 CD 하나를 선물로 주었다.

"틈틈이 들으며 드럼 소리를 느껴 봐. 음악을 감싸고 있는 드럼, 음악에 깔린 드럼, 음악을 이끌고 가는 드럼 소리를 찾을 수 있어야 해."

그날, 그러니까 연습 패드를 끝내고 정식 드럼을 시작한 날. 드럼 스쿨에서 돌아온 승제는 집에 뭔가 변화가 생긴 걸 느낌으로 알았다.

할머니가 뒤란으로 통하는, 담과 건물 사이의 공간에서 뭔가를 정리하고 있었고 쓰레기 봉지며 재활용 물품들을 담은 푸른 비닐봉지, 종이 상자 같은 게 마당으로 나와 쌓여 있었다.

"할머니, 대청소한 거야?"

"응, 어서 와. 이리로 가서 창고 방에 들어 가 봐."

할머니는 허리를 펴며 의미 있는 웃음을 지었다. 뭔가 특별하고 흐뭇해하는 얼굴이었다.

"창고 방?"

"집 뒤에 가면 문이 있어."

승제는 아직 그 창고방에 들어가 본 적이 없었다. 뒤란 쪽으로 가기 위해 건물 뒤로 걸어갔다. 해가 잘 들지 않아 그늘에서도 잘 자라는 비비추가 벽에 바짝 붙여 심겨져 있었다. 반지하 창고방에는 창이 달려 있었지만 커튼으로 가려져 있었다. 뒤란으로 들어서자 파란 철문이 나타났다. 분명 없던 문이었다. 승제는 뒤란으로 자주 가지 않지만 분명 벽이 있던 자리에 푸른 철문이 닫혀 있었다.

승제는 파란 철문을 당겼다. 철문은 소리 없이 열렸다. 신을 벗는 회색 깔판이 깔려있고 다시 크지 않은 유리문. 유리문은 옆으로 밀게 되어 있었다. 문을 옆으로 밀자 바로 방이 나타났다. 승제는 신을 벗고 그 안으로 들어갔다. 어? 승제는 눈이 휘둥그레졌다.

조그만 방이었다. 그 방 가운데 승제 방에 있던 드럼 연습 패드가 놓여있었다. 처음 보는 둥근 의자도 보였다. 벽엔 간단한 수납장이 붙어 있고 블루투스 스피커가 벽에 붙어있었다. 공기 정화기와 벽걸이 에어컨까지. 승제의 가슴이 높은 파도처럼 뛰어올랐다. 숨이 멎을 것 같았다.

내 드럼 연습실! 승제는 단숨에 그 방의 의미를 알아차렸다.

"할머니!"

승제는 책가방을 벗어놓고 후다닥 밖으로 나왔다.

"맘에 들어?"

"네! 그런데 어떻게 내 맘을 안 거예요?"

"난 모르지. 난 드럼인지 뭔지 니가 두드리는 거에 대해 잘 몰라. 삼촌이 승제 연습실이 필요하다며 오늘 종일 일했어. 사실은 며칠 전부터 너 모르게 삼촌이 일꾼들과 일했어. 철문에 번호키 달면 다 끝난거래. 뒤에서 들어가지만 주방으로도 들어갈 수 있어. 본래는 주방으로 통하는 지하 창고였거든."

"삼촌은 어디 가셨어요?"

"일하다 말고 급하게 나갔어. 오랫동안 기다렸던 사람인가 보더라. 저녁 먹고 온대 들어가 씻고 저녁 먹자."

승제는 다시 뒤란으로 들어가 연습실로 들어갔다. 드럼 스틱을 잡았다.

탁 탁 탁 탁……탁탁 탁탁 탁탁 탁탁……탁 탁탁 탁 타탁……탁탁 탁탁 탁탁 탁탁……승제는 스틱을 두드리며 자신의 세계 속으로 빠져들었다. 삼촌 고맙습니다. 삼촌 고맙습니다. 드럼도 공부도 열심히 할게요. 그리고 삼촌을 미워했던 거 죄송합니다. …탁탁 탁 탁탁 탁…… 승제는 주방에서 내려온 할머니가 그만하고 저녁 먹자, 할 때까지 계속 연습 패드를 두드렸다.

그 날 밤 승제는 늦게까지 드럼 연습실에 있었다. 삼촌은 늦게까지 오지 않았다.

승제는 삼촌에게만 드럼 이야기를 했지 호기나 진규에게는 말하지 않았다. 삼촌에게도 비밀로 하고 싶었지만 학원 등록 때문에 말하지 않을 수 없었다.

반지하 방에 연습실이 생기면서 드럼 실력은 눈에 띄게 늘었지만 영어 실력은 금방 눈에 보이는 게 아니었다. 승제는 한 번도 드럼 학원에 빠지지 않았고 삼촌은 한 번도 영어 과외를 빼먹지 않았다. 아무리 중요한 일이라도 승제 과외 시간에는 약속을 잡지 않았다.

삼촌이 가르치는 영어는 두 가지였다. 하나는 일반적인 영어 과외. 그리고 또 하나는 교과서를 통한 성적 올리기 과외.

드럼을 배우고 영어 과외를 시작하며 승제는 예전의 고승제로 돌아가고 있었다. 삼촌과 하는 영어 문제만이 아니라 다른 과목 공부도 열심히 했다. 이상하게 드럼 리듬 속으로 공부에 대한 열정이 따라 들어오는 것 같았다.

거기다가 삼촌이 자신을 위해 얼마나 애쓰는지를 조금씩 느끼고 있었다. 드럼 실력이 느는 만큼 삐딱하던 마음이 제 자리로 돌아오고 있었다. 삼촌은 여전히 입이 무거웠지만 승제는 삼촌에게서 아빠의 모습을 조금씩 발견하고 있었다. 볼수록 삼촌은 아빠의 판박이였다.

"승제야, 드럼 연습은 여전히 재미있어?"

어느 날 영어 과외를 끝내고 책을 덮으며 삼촌이 물었다.

"네. 재미있어요."

"고무 패든가 그거 끝낸 거야?"

"네 이제 진짜 드럼으로 연습해요."

"언제 삼촌이 한 번 가 봐도 돼?"

"삼촌이 드럼 학원에 와 보게요?"

"응. 나도 그 드럼이라는 거 한번 두드려보고 싶어."

"좋아요. 오세요."

삼촌이 정말 오겠나 싶어서 승제는 아무 부담 없이 대답했다.

승제는 집에서 있는 시간 대부분을 드럼 연습에 보냈다. 침대에 누워서도 배를 두드렸고 책상에 앉았을 때도 무릎을 패드 삼아 손으로 스트로크 연습을 했다. 틈만 나면 지하 방으로 내려가 고무 패드를 두드리며 리듬감을 익혀 나갔다.

삼촌의 얼굴이 요즘 핼쑥해졌다. 그러면서도 아주 기분이 좋아 보인다. 할머니에게도 뭔가가 느껴졌다. 말로 할 수는 없지만 집안에 어떤 변화 같은 게 느껴졌다. 그러나 그게 뭔지 승제는 몰랐다.

승제는 다이어리를 꺼내 길지 않게 적었다.

우리 집에 뭔 일이 일어나고 있는 걸까?

삼촌도 할머니도 입을 다물고 있지만 두 분은 나 모르게 뭔가를

꾸미고 있는 것만 같다. 왠지 그런 느낌이 든다.

그날은 영어 수행 평가를 본 날이었다. 승제는 기분 좋게 수행평가를 끝냈다. 삼촌과 공부했던 것들이 큰 도움이 되었다.

평가를 끝내고 정답을 확인했을 때 승제는 속으로 아자!를 외쳤다.

수업이 끝나자 바로 핸드폰을 열었다.

삼촌 수행 평가 잘 끝냈어요. 쉬웠어요.

다행이다. 네가 열심히 해서
좋은 결과가 나오나 보다.

삼촌이 잘 가르쳐 줘서 그래요.

아니. 내가 잘 가르친 것이 아니고 드럼이 너를 바꾸는
중인 것 같아. 암튼 수고했다. 오늘 드럼 가는 날이지?

네

승제는 진심으로 삼촌에게 고마움을 느꼈다. 자기가 그렇게 적대감을 가지고 대했는데도 삼촌은 다 참아 주었다.

곤두박질쳤던 승제의 성적은 수행평가를 보면서 예전 수준에 거의 육박해 올라왔다. 승제는 뿌듯함을 느꼈다. 삼촌은 영어교과만이 아니라 일상적인 회화 연습도 교재를 정해 가르쳤는데 이게 승제를 더욱 돋보이게 했다.

"고승제, 너 요즘 왜 이렇게 한꺼번에 달라지냐?"

영어 선생님의 이 한 마디에 승제의 마음은 붕 떠올랐다.

"승제야, 축하해."

호기가 점심시간에 승제 옆으로 다가와 귓속말로 속삭이듯 말했다. 이전과는 뭔가 다른 말투였다. 진심으로 축하하는 맘도 있었지만 이제 승제는 자기와 다른 레벨로 들어가 버렸다. 이제 어리바리 삼총사와는 어울리지 않겠지? 하는 우려가 담긴 말투였다. 호기는 그런 우려를 꾹 눌러 표현하지 않았지만 진규는 대놓고 말했다.

"고승제, 축하해. 넌 우리 어리바리의 상징이야. 우리 따돌리고 빅 스리(BIG 3)로 이동하는 건 아니지?"

"내가 무슨 빅 스리야. 겨우 영어 수행 평가 하나 잘 본 것 가지고 빅 스리냐."

"아냐. 넌 우리와 다른 것 같아. 호기나 나는 죽자 살자 하는데도 성적이 늘 그 자리에서 맴돌잖아."

빅 스리는 김호일, 김선화, 박정철을 묶어서 부르는 말이다. 승제네 반에서 성적이 뛰어난 탑 스리(TOP 3)다. 빅 스리는 대한 초등학교 출신으로 초등 때부터 늘 1,2등을 다투는 아이들이었다. 친하면서도 은근히 라이벌 의식이 다른 아이들 눈에도 보일 정도였다.

"앞으로 빅 스리에 정철이가 밀려나고 고승제가 들어갈 것 같지 않냐? 정철이는 공부만 파고드는 아이가 아니잖아. 지난번 시험 때도 식당 일을 도우며 공부했대."

"좀 더 두고 봐야 하지 않을까?"

"나는 승제가 들어간다, 에 한 표."

"성경 말씀에 굴러온 돌이 박힌 돌 뺀다, 는 유명한 구절이 있다며?"

"야 그게 성경에 나오냐? 그건 우리나라 속담이지. 성경에 나중된 자가 먼저 된다 라고 예수님이 말씀하셨어."

아이들은 이런저런 이야기를 하며 승제의 빅 스리 진입을 점치고 있었다.

승제가 드럼 학원에 도착했을 때 뜻밖에도 원장 선생님과 삼촌이 승제를 기다리고 있었다. 삼촌과 원장 선생님 말고 어른이 한 명 더 있었다 엷은 회색 생활 한복을 스님처럼 입고 헝겊 가방을 진 사람. 희끗희끗한 머리로 꽁지머리까지 한 평범하지 않은 차림이었다. 어디선가 본 듯한 얼굴이었다. 승제를 보는 그 꽁지머리의 눈빛이 크게 흔들렸지만 승제는 미처 깨닫지 못했다.

"승제야, 어서 와. 삼촌이 고맙다고 주스를 사오셨네."

원장 선생님이 환하게 웃으며 말했을 때 승제는 멍한 얼굴로 삼촌과 원장을 번갈아 보았다.

"우리 승제, 드럼 잘 가르쳐 주셨다고 인사하러 온 거야. 승제 실력도 볼 겸."

삼촌이 쑥스러운 얼굴로 살짝 얼굴을 붉혔다.

"승제야, 인사해라. 내가 말했지. 그동안 우리 집을 맡아 가꾸어 준 선배."

삼촌이 승제에게 꽁지머리 아저씨를 소개했다.

"안녕하세요? 혹시 그 목수 아저씨세요?"

"그래. 이 선배가 바로 그 목수다. 탁우빈 선배."

탁우빈. 승제는 속으로 되뇌었다. 탁씨. 암튼 삼촌은 모든 게 특이하다. 선배까지도 탁씨다.

"승제야, 삼촌이 너 드럼 연주하는 거 듣고 싶어 오신 모양이야. 오늘은 저 방에 가서 연습해라. 삼촌도 들어가세요."

그 방은 2인 연습실로 드럼 두 세트가 마주 놓여있는 방으로 보통 제자를 위해 원장님이 함께 연주하는 연습실이었다.

승제가 그 방으로 들어가려고 할 때였다.

"승제야!"

맞은편 드럼실이 열리며 은화가 나왔다.

"우리 삼촌이셔. 이분은 삼촌 선배 탁우빈 목수님."

"안녕하세요."

"원장님 딸이고 제 선생님이에요."

그런데 삼촌과 탁우빈 선배가 놀란 얼굴로 은화를 보았다.

'왜 저러지?'

승제가 이런 생각을 하는데

"이름이?"

탁우빈 선배가 입을 열었다.

"은화예요."

"아, 은화?"

"네, 배은화요."

"아 그래? 고향이?"

"서울입니다."

"서울?"

이번엔 삼촌이 은화를 보며 누구에게랄 것도 없이 혼자 중얼거렸다.

승제도 이상하게 생각했지만 은화도 어른들의 관심이 이상하다고 느낀 모양이었다. 그걸 삼촌과 탁우빈 선배가 모를 리 없다.

"어, 은화야, 네가 누구랑 너무 닮아서 깜짝 놀랐어."

탁우빈 선배가 서둘러 분위기를 정리했다. 그 말을 들은 순간 뭔가 번쩍 승제 머리를 쳤다.

"어! 맞아! 아까부터 아저씨를 보며 어디선가 많이 보았다, 생각했는데 은화랑 닮았어요."

"내가?"

틱우빈 아저씨가 당황한 듯 과장된 몸짓으로 말을 이었다.

"내가 저렇게 잘 생겼나?"

탁우빈 선배가 너스레를 떨었고 삼촌도

"은화 따라가려면 선밴 멀었어. 은화가 훨씬 낫지. 자 승제야, 들어가자."

삼촌이 서둘 듯 승제와 탁우빈 선배를 드럼실로 밀어 넣었다.

"승제야, 잘해 핫팅!"

은화가 가만히 손을 흔들고 나서 조용히 문을 닫고 나갔다.

승제는 고개를 끄덕이며 연습실 안으로 들어갔다. 원장님이 사용하는 드럼 말고 수강생이 사용하는 드럼 세트 쪽에 자리를 잡고 앉았다.

승제는 가방에서 스틱을 꺼내 천천히 8피트 리듬을 두드렸다. 쿵치 타치 쿵치 타치 쿵치 타치 쿵치 타치 …… 승제는 일정한 간격으로 스틱을 두드렸다. 지금까지 배우고 연습한 리듬들을 차근차근 연주했다. 쑥스러우면서도 뽐내고 싶은 마음이 슬그머니 올라왔다. 얼마큼 연주했을까. 은화가 슬그머니 들어와 오디오에 USB(유에스비)를 꽂았다. 은화 뒤에 원장 선생님도 들어와 벽에 기대섰다.

스피커에서 음악이 흘러나왔다. 승제가 오랫동안 연습한 윤도현 밴드의 〈나는 나비였다〉 전주 부분이 끝나고 '내 모습이 보이지 않아 앞길도 보이지 않아 나는 아주 작은 애벌레……'하는 첫 가사의 음악이 터져 나올 준비를 하고 있을 무렵 승제는 드럼 스틱을 재빨리 두드리며 발을 움직이기 시작했다. CD를 하도 들어 어느 부분에서 어떤 드럼을 두드려야 하는지 승제 마음보다 몸이 잘 알고 있었다. 드럼 초보자들도 연주하는 쉬운 버전도 있지만 윤도현 밴드의 연주처럼 드럼을 치려면 꽤 연습이 필요한 곡이었다. 승제가 연주하는 것은 학원생들이 하는 쉬운 버전이었다. 하지만 그동안 공을 들여 많이 연습한 곡이었다. 음악은 한없이 되풀이되었다. 승제는 시간이 흐를수록 몸이 가벼워지는 것 같았다. 가볍다 못해 승제는 날고 있었다. 연습실 안을 승제는 훨훨 날고 있었다. 그런데 언제부터인가 연습실엔 또 다른 나비가 승제와 함께 훨훨 날고 있었다. 승제는 자신의 비상을 돕는 또 한 마리의 나비를 느끼지 못했다. 그만큼 자신의 연주에 혼신의 힘을 다하고 있었다. 그러다가 자신의 부족함을 채우며 함께 나는 나비의 존재를 느낀 순간 승제는 화들짝 놀라 하마터면 스틱을 떨어뜨릴 뻔했다. 맞은편 드럼 세트에서 승제를 돕는 연주자는 탁우빈 아저씨였다. 아주 세련되게, 승제와는 차원이 다른 연주. 승제를 도우면서도 한 단계 위에서 연주하는 것 같은, 귀가 뚫리고 가슴의 음악 빨판들을 하나하나 어루만지는 것 같은 연주였다. 고맙습니다. 눈빛으로 인사하는데 .

"승제야, 계속해라."

그가 말하는 것처럼 고개를 끄덕였다.

탁우빈 아저씨는 가볍게 스틱을 두드리면서도 힘이 있었다. 리듬 사이에 갖가지 꽃을 꽂아놓은 것 같은 필인(즉흥연주)은 화려하면서도 절도가 있었다.

탁우빈 아저씨가 함께해준 바람에 승제는 더 잘한 것 같았다. 자신있게 연주 할 수 있었다. 스틱을 두드리는 탁우빈 아저씨는 손으로만 연주하는 게 아니라 온몸이 리듬감으로 넘쳐났다. 꽁지머리도 리듬을 따라 흔들렸다. 마침내 심벌을 두드리는 것으로 연주가 끝났다.

"브라보!"

감탄의 박수를 보낸 것은 원장 선생님이었다. 탁우빈 아저씨를 위한 박수였다.은화도 놀랐다는 듯 박수를 보냈다. 승제를 보면서도 엄지를 들어 보이며 환하게 웃었다.

"승제가 누굴 닮아서 드럼에 소질이 있나 했더니, 삼촌도 드럼 치셨지요?"

원장 선생님은 자신 있게 물었다. 원장 아저씨는 삼촌의 무엇을 보고 그런 생각을 한 것일까. 음악을 즐기는 사람들끼리는 그런 게 다 보이는 걸까.

"이 친구는 클래식 기타를 했지만 베이스도 꽤 했지요. 저는 밴드에서 드럼을 했습니다."

"그렇군요. 제가 승제에게 부모님 중 음악 하는 분이 있느냐고 물었더니 없다고 안 계신다, 하더군요. 삼촌을 닮은 거군요."

원장 선생님이 확신에 찬 말에 삼촌은 머뭇거리듯 입을 열었다. 그렇지 않다는 표정이다.

"글쎄요. 제가 무슨…… 이 선배는 아르바이트로 클럽에서 드럼도 쳤지만 저야 뭐 음악을 했다고 할 수는 없지요."

승제는 어른들의 이야기를 들으며 속으로 생각했다. 그날 기타를 친 게 삼촌 맞구나.

"원장님 승제 잘 부탁합니다. 아직 어려서 드럼을 계속할지 모르지만 원장님이 잘 가르쳐 준다고 좋아한답니다."

탁우빈 아저씨는 삼촌이 할 말을 대신하고 있었다. 넉살이 보통이 아닌 듯했다. 삼촌은 언제 이런 이야기까지 미주알고주알 다 이야기한 것일까.

"원장님, 승제 연습은 오늘 이걸로 마치면 안 될까요? 제가 승제랑 가야 할 데가 있어서요."

삼촌이 죄송하다는 얼굴로 물었다.

"되고 말고 지요. 오늘 승제는 어느 날보다 좋은 경험을 했어요. 실전에 나간 것 같은 시간이었을 겁니다. 승제야, 삼촌 따라가 봐. 오늘 연습은 이걸로 끝."

승제는 삼촌과 탁우빈 아저씨를 따라 드럼 스쿨 문을 나섰다. 은화가 학원 건물 밖까지 나와 인사했다.

"안녕히 가세요."

"은화라고 했니?"

"네."

"은화랑 승제 사귀는 사이니?"

지하실을 올라와 건물 밖으로 나서기 전 탁우빈 아저씨가 짓궂게 웃으며 물었다.아니에요. 승제와 은화가 동시에 손사래를 쳤다.

"이놈들 정말 사귀나 봐. 둘 다 얼굴이 빨개졌어."

"아이, 아니에요."

은화가 돌아서서 학원 건물 안으로 도망치듯 사라졌다.

"형, 장난 그만 쳐. 승제야, 가자."

"하하하. 승제 재 좀 봐라. 은화보다 승제가 더 좋아하나 보다."

"아니라니까요."

"에이 형은 어린아일 가지고. 어서 가요."

13

또 한 사람 특별한 삼촌

학원 건물 옆 주차장에 낡은 지프가 세워져 있었다. 지난번 삼촌이 빌려 탔던 그 차였다. 탁우빈 아저씨가 차문을 열고 먼저 올라섰다. 승제는 두근거리는 가슴이 진정되지 않았다. 나는 그렇다 치고 은화는 왜 그렇게 얼굴이 빨개진 걸까. 그리고…… 나는 은화를 좋아하는 걸까. 승제는 자신의 마음을 알 수 없었다. 은화를 생각하는 시간이 많아진 것은 사실이다. 윤아 자리에 어느새 들어와 있는 은화. 그러나 은화에겐 이미 사귀는 사람이 있다.

"승제야, 밖에서 저녁 먹고 가자. 할머니께는 말씀드렸다. 아저씨 옆에 앉아라."

지프는 태강릉을 지나 별내 신도시 외곽의 음식점 주차장에 도착했다. 규모가 크지 않지만 건축미가 돋보이는 음식점이었다. 건물도 시선을 끌었지만 주차장을 둘러싼 나무들도 잘 가꾸어져 있었다. 그늘이 넓은 느티나무부터 감나무 같은 과실수까지.

제주 음식 전문점 모슬포. 음식점 간판이 독특했다. 검은색과 흰색만으로 구성한 섬과 바다 그리고 바다를 채운 추상화 같은 물고기들. 제주 해산물이 항공편으로 매일 직송된다는 물통 배너가 현관문 앞에 세워져 있었다.

"여기가 제주 은갈치 구이 전문점이라는 데야?"

몇 번 와본 사람처럼 성큼성큼 들어서는 삼촌에게 탁우빈 아저씨가 물었다.

"네. 제주도 사람이 직접 운영하는 곳이에요. 서클에서 만났는데 지금은 돈 버는 재미에 기타는 쳐다보지도 않는답니다. 양치승이라고 형도 알지요?"

"아 그 친구가 하는 가게야? 그래도 전직 기타리스트답게 알함브라 궁전의 추억이네."

승제는 그제야 음식점을 채운 음악이 '알함브라 궁전의 추억'이라는 걸 알아챘다. 귀에 익숙하다 했더니. 승제에게 기쁨과 절망을 선사한 음악이었다.

'알함브라 궁전의 추억'을 작곡한 프란시스코 타레가는 19세기 후반의 스페인을 대표하는 기타 작곡가이다. 그가 스페인 남부 그라나다를 방문했을 때 알함브라 궁전을 보고 받은 감동을 기타로 옮겨 놓은 게 바로 '알함브라 궁전의 추억'이다. 승제가 기타를 배우고 싶었던 것도 이 음악을 직접 연주하고 싶어서였다. 타레가는 '알함브라 궁전의 추억'으로 세계적인 인기를 누렸을 뿐 아니라 다른 악기에 밀려 뒷전으로 밀려날 뻔한 기타의 놀라운 잠재력을 세계인에게 심어주었다.

고급스러우면서도 심플한 실내장식이 클래식 기타 음악과 잘 어울렸다. 햇빛을 받아 반짝이는 물결처럼 잔잔하게 빛나는 기타 음악이 '모슬포'를 부드럽게 감싸 안고 있었다. 삼촌이 카운터로 가서 예약했다고 하자 아이돌처럼 깔끔한 청년이 안쪽 방으로 세 사람을 안내했다.

청년이 안내한 방은 테이블이 있는 아담한 방이었다. 삼촌이 물병의 물을 컵 3개에 따르고 났을 때 탁우빈 아저씨가 입을 열었다.

"승제라고 했지? 고박사 조카니까 고승제겠네."

"네."

승제는 물을 마시고 나서 공손히 대답했다. 드럼 연주 때문인지 몸이 바짝 말라버린 것 같았다. 그만큼 열정적으로 드럼을 두드린 승제였다.

"나도 너 같은 조카 있음 좋겠다. 니 삼촌이 니 자랑 엄청했어. 너 나랑도 삼촌 조카 할래? 내 조카 돼주면 니 삼촌보다 더 잘해줄게."

탁우빈 아저씨의 뜻밖의 제안에 승제는 자기도 모르게 삼촌을 보았다. 어느새 승제는 삼촌을 많이 의지했다. 드럼을 배우고 과외를 받으며 승제는 자기도 모르게 삼촌 곁으로 가고 있었다.

"승제 맘대로 해. 탁 선배, 곧 경상도로 내려가면 서울 오기 힘들 거야. 조카 노릇할 일 별로 없을 거다."

삼촌이 환하게 웃으며 말했다. 전혀 다른 사람같이 밝고 생기 있어 보였다. 집에서만 보던 그런 모습은 어디에도 없었다. 마른 몸이어서 하얀 면 티와 청바지도 잘 어울렸다. 집에서 보는 것보다 훨씬 젊어 보였다. 어떤 게 진짜 삼촌 모습일까. 오늘따라 짧게 깎은 머리도 잘 어울렸다.

"니 삼촌이 참 멋대가리 없지? 삼촌으론 내가 나을 거다. 어때 우리 삼촌 조카 할까?"

탁 우빈 아저씨가 그 서글서글한 눈빛으로 말했다.

"네 그럴게요."

승제는 그의 환한 기운에 끌려가는 기분이었다. 그에게 잡혔다는 느낌. 그러나 기분 나쁘지 않은 잡힘이었다.

"내 그럴 줄 알았어. 삼촌보다 니가 낫다. 니 삼촌은 얼마나 까칠한 줄 아니? 대학 4년 다니는 동안 니 삼촌처럼 까칠하고 멋대가리 없는 사람은 처음 봤다."

"왜 자꾸 우리 삼촌 흉보세요? 아저씨도 우리 삼촌 좋아서 만나는 거 아니에요? 집도 그동안 가꾸어 주었고요."

승제 말이 끝나자마자 삼촌과 탁우빈 아저씨는 찔끔하는 얼굴이더니 크게 웃어댔다.

"아이고 우리 새 조카 예리하네. 너그러운 줄 알았는데 삼촌 까칠함을 그대로 닮았구먼. 좋아. 좋아."

음식이 나왔다. 갈치와 옥돔구이. 성게알 국도 나왔다. 술을 주문하겠느냐는 종업원의 말에 둘 다 손을 저었다.

"자넨 갈치구이가 지겹지도 않아. 갈치가 그렇게 맛있어?"

탁우빈 아저씨는 젓가락으로 능숙하게 갈치 가시를 제거하며 쉬지 않고 말했다.

"어? 삼촌도 갈치구이 좋아하세요?"

"조카, 자네는 같은 집에 살면서도 그것도 몰랐어?"

승제는 자기도 모르게 얼굴을 붉혔다. 삼촌에 대해 너무 아는 게 없다는 생각이 새삼스럽게 든 것이다.

"만난지 얼마나 되었다고 내 식성을 파악했겠어. 선배도 갈치구이 좋아하잖아."

"어. 까칠한 자네 때문에 갈치 맛을 알았지. 승제 조카 많이 먹어."

"고맙습니다."

탁우빈 아저씨가 능숙하게 가시를 제거한 갈치구이는 크고 싱싱했다. 승제 입맛에 딱이었다.

탁우빈 아저씨는 식사 내내 대화를 주도했다. 삼촌은 가끔씩 응수하거나 짧은 대답으로 탁우빈 아저씨와의 대화가 끊이지 않도록 했다. 탁우빈 아저씨 얼굴에는 뭔가 빛나는 웃음기가 가득했다. 화나는 일도 모두 웃음으로 포장해 버릴 것 같은 사람이었다. 식사가 끝나자 커피와 오렌지 주스가 나왔다.

"승제야, 오늘 우리 삼촌 조카 맺은 거다."

"네."

"좋았어. 그럼 지금부터 삼촌 조카를 맺은 기념식을 하겠습니다. 자네, 사진 몇 장 찍어주게."

탁우빈 아저씨가 식탁 옆에 두었던 배낭에서 뭔가를 꺼냈다. 하얀 무명천에 싸인 길쭉한 것. 스틱? 승제 가슴이 두근거렸다. 그게 무엇인지 알아챘기 때문이다.

돌돌만 무명천을 풀자 승제 예상대로 스틱 한 쌍이 나왔다.

"자, 승제 조카 내 선물이야."

승제 가슴이 더 높게 뛰었다.

"형, 그거 선배가 아끼는 거잖아."

"걱정 마. 또 있으니까. 승제야, 드럼 열심히 해서 나랑 또 연주해 보자."

"네 고맙습니다. 근데 저는 드릴 게 없는데."

"니 전화번호 주면 돼. 자 이걸로 니 번호 찍어 줘."

탁우빈 아저씨가 핸드폰을 내밀었다. 스마트 폰이지만 오래된 것이었다. 승제가 자기의 번호를 입력하고 통화를 누르자 바지 뒷주머니의 승제 핸드폰이 드르르 흔들렸다. 승제는 핸드폰을 꺼내 통화 버튼을 누르고 과장된 소리로 외치듯 말했다.

"삼촌, 저장되었습니다."

"어 승제 조카 고마워."

탁우빈 아저씨는 이렇게 승제의 또 다른 삼촌이 되었다.

식사가 끝나고 삼촌이 식사비를 내기 위해 먼저 룸을 나갔을 때 탁우빈 삼촌이 하얀 봉투를 승제에게 내밀며 농담처럼 말했다.

"자 이거 삼촌 된 기념으로 주는 용돈이야. 쓰고 싶은 데 써. 담배나 술은 사지 말고."

"안돼요. 스틱만도 너무 고마운데."

"쉿! 까칠한 삼촌에겐 비밀이다."

탁우빈 삼촌은 재빨리 방을 나갔다. 승제는 멍하니 탁우빈 아저씨를 보았다. 삼촌은 내 이야기를 다 한 것일까. 어디까지 한 것일까. 그래도 용돈까지. 참 대단한 선후배야. 허긴 집도 맡길 정도였으니.

"승제야, 가자."

삼촌 소리가 들렸다. 승제는 두근거리는 몸을 진정시키며 돈 봉투를 호주머니에 넣었다.

'탁 삼촌, 탁 삼촌. 우빈이 삼촌. 드럼의 고수.'

승제는 핸드폰에 저장할 탁우빈 아저씨의 이름을 혼자 생각하면서 식당 밖으로 나왔다. 두 삼촌은 지프를 주차한 곳으로 걸어가며 계속 뭔가를 이야기하고 있었다. 삼촌이 한 번 뒤로 돌아 승제가 오는지를 확인하고는 계속 탁 삼촌과 이야기했다.

'두 삼촌이 미리 약속하고 오늘 학원으로 온 거구나.'

생각이 여기에 미치자 두 사람의 우정이 새삼스럽게 돋보였다. 승제가 처음 의심했던 그런 사이는 전혀 아닌 것 같았다.

집으로 돌아갈 때도 삼촌은 운전석 뒤로 앉고 승제를 탁 삼촌 옆에 앉혔다.

"형, 오늘 원주로 갈 거야?"

"가야지."

"우리 집에서 자고 가. 형 방에서 자고 가면 되잖아."

승제는 둘의 대화를 들으며 혼자 생각했다. 어? 저게 무슨 말이야? 형 방? 우리 집에 탁 삼촌 방이 있다는 거야? 어느 방이 탁 삼촌 방일까? 지금 빈방이 없는데.

"가지 뭐. 승제 할머니도 계신데."

"뭐 어때요? 승제랑 자든가."

"승제랑?"

벨트를 매는 탁 삼촌의 목소리가 탄력 있게 튀어 올랐다.

탁 삼촌이 승제에게 푹 빠졌다. 정말 승제 같은 조카가 있었으면 했다더니 사실인 모양이다. 시동을 걸고 주차장에서 차를 빼려고 하는데 삼촌이 핸드폰을 꺼냈다.

"네, 어머니 다 끝났어요. 곧 집에 갑니다. 어? 누구세요?"

삼촌의 음성이 굳어지는 게 승제에게 전해졌다. 지프를 빼려던 탁 삼촌이 승제 삼촌을 돌아보더니 운전을 멈추었다.

"네 네. 그거 제 어머니 핸드폰입니다만. 경찰서요?"

저쪽에서 뭐라고 하는지 삼촌의 얼굴이 점점 굳어지고 있었다.

"네 알겠습니다. 바로 가겠습니다."

삼촌이 전화를 끊고 탁 삼촌에게 급하게 말했다.

"형, 승제네 학교 근처에 있는 파출소 알지?"

"중국집 옆에 있는 파출소?"

"어. 거기 같아. 빨리! 어머니가 길에서 쓰러진 채 발견되었는데 집을 찾지 못한대."

"치매 초기 증상이야."

탁 삼촌이 의사처럼 한마디 했을 때 승제는 가슴이 쿵 하고 내려앉았다. 할머니가 치매라고? 아침에도 멀쩡하던 할머니가? 할머니가, 할머니가 설마…… 승제는 고개를 흔들었다. 자기도 모르게 엄마 아빠 얼굴이 떠올랐다.

"삼촌, 할머니가 왜 쓰러지셨는데요?"

"승제야, 너무 걱정 마. 가보면 알게 될 거야."

저녁 시간과 퇴근 시간이 겹친 초저녁의 거리는 주차장처럼 차로 막혀 있었다.

"저 앞에 사고가 났나? 아무리 차가 막힐 시간이지만 너무 심하다."

탁 삼촌이 초조한 혼잣소리를 하며 앞을 살폈다. 어느 쪽으로도 차가 움직이지 않았다.

"삼촌, 할머니 다친 건 아니지요?"

승제가 뒤로 고개를 돌리며 물었다. 조바심이 난 소리였다.

"나도 모르겠구나. 도깨비시장 근처에 쓰러져 있던 걸 동네 사람이 전화해서 파출소에서 보호하고 있대."

"우리 학교 옆 파출소?"

"그래."

"할머니가 왜 쓰러져있었을까요?"

"가봐야 알 것 같아. 집을 모른대. 호주머니에 핸드폰이 없었다면 연락도 못 할 뻔했대. 정말 치매가 그렇게 시작되는 거야?"

삼촌이 안타깝게 탁 삼촌에게 묻고 있었다.

"그렇대. 처음엔 알았던 길을 잃어버리고 사람들을 봐도 누군지 기억하지 못한다 하더라고. 너무 걱정 마. 가보면 알 거야. 일시적인 현상일 수도 있잖아."

막혔던 길이 뚫리자 지프는 금세 파출소 앞에 닿았다.

"먼저 들어가. 나는 차 세우고 갈게."

삼촌과 승제가 재빨리 차에서 내려 파출소 안으로 들어갔다.

"엄마!"

"할머니!"

파출소 긴 소파에 할머니는 넋을 놓고 앉아있었다.

"아드님이세요?"

"네 그렇습니다. 어떻게 된 일입니까?"

승제가 할머니에게 달려가 할머니를 안았다.

"할머니!"

"승제야!"

할머니가 승제를 안고 울음을 터뜨렸다. 어린애 같았다.

14

할머니의 이름표

할머니가 에코백을 들고 집을 나선 것은 탁 삼촌이 승제네 집 대문 앞에서 삼촌을 태우고 승제를 만나러 간 직후였다. 아들과 손자가 저녁을 먹고 온다고 해서 특별히 저녁 걱정을 하지 않아도 되었기 때문에 김칫거리를 사러 나선 참이었다.

동네 사람들이 도깨비시장이라 부르는 재래시장에서 배추 두 단과 파, 붉은 고추와 깐마늘을 산 할머니는 시장을 나와 집으로 향했다. 그런데 참 이상했다. 누군가가 자꾸 부르는 것 같았다. 그건 먼저 간 아들과 며느리의 소리 같기도 했고 어린 시절 마을 친구들과 원당 오름 쪽으로 고사리를 꺾으러 다니던 춘자, 영춘이 소리 같기도 했다.

"병국아, 좀 천천히 가자."

할머니 입에서 자기도 모르게 큰아들 이름이 터져 나왔고 눈물이 나왔다. 할머니는 울면서 아들 이름, 며느리 이름을 불렀고 이상하게 여긴 사람들이 앞을 막았지만 멈추지 않고 땀을 뻘뻘 흘리며, 울면서 걸었다. 날이 저물고 있었다. 가로등이 켜지기 전 사람들의 그림자가 길어졌고 자동차들이 많아졌다. 언제부터인가 김칫거리가 든 에코백은 할머니 손에서 보이지 않았다. 해가 지고 가로등 불빛이 들어왔을 때 할머니는 승제 학교 근처 골목에 쓰러졌다.

지나가던 주민의 신고로 파출소에 누여졌고, 경찰이 주머니를 뒤져 전화를 걸었다. 최신 전화 목록에 뜬 게 승제 삼촌 전화였다.

"할머니 어디 사세요?"

경찰이 물었을 때 할머니는 대답하지 못했다.

"할머니 성함은요? 이름요, 할머니 이름."

역시 할머니는 대답하지 못했다. 어리둥절한 얼굴로 경찰을 보며

"우리 아들 이름이 고병국이우다. 조천면 신촌리 상두거리 골목, 대나무 있는 집마씸……."

할머니는 어린 시절 살던 제주도의 고향집 주소를 어렵지 않게 말했다. 이게 어디 말이지? 경찰들은 서로 쳐다보며 손을 흔들었다.

조천면 신촌리 상두거리, 신촌리 상두거리 대나무가 있는 골목집…… 인터넷 검색으로 그게 제주도라는 것을 안 경찰들은 서로 고개를 갸웃거렸다. 제주도 주소는 능숙하게 말하는데 정작 서울 주소는 입에 올리지 못했다. 다행히 바지 호주머니에 핸드폰이 들어 있어서 최근 통화를 눌렀다.

승제는 할머니가 낯설게 느껴졌다. 할머니 탈을 쓴 다른 사람 같았다. 할머니의 의식은 다른 세상에 다녀온 듯했다. 탁 삼촌은 할머니가 걱정되지만 원주 집으로 간다고 했다.

"이제 괜찮아지신 것 같아. 무슨 일이 있으면 바로 연락해."

"그래요, 형. 가요, 그럼."

탁 삼촌 차에 실려온 할머니는 집에 들어서자

"승제야, 저녁은 먹었니?"

하고 엉뚱한 소리를 했다. 밖에서의 일은 까맣게 잊은 듯했다.

삼촌이 승제를 보며 눈을 끔쩍하고 얼른 말했다.

"어머니 우리 저녁 먹을까?"

"그러자. 배고프네."

할머니 정신은 돌아온 듯했지만 몹시 피곤해 보였다.

"할머니 나 라면 먹고 싶어."

"어머니 저도요. 우리 라면 먹어요."

"그럴까?"

"제가 끓일게요."

삼촌이 빠르게 라면을 끓였고 할머니는 배가 고팠는지 허겁지겁 먹었다. 삼촌과 승제는 할머니를 위해 마지못해 라면을 먹었다.

"어머니, 몹시 피곤해 보여, 설거지는 내가 할 테니깐 들어가 쉬어요."

"놔둬. 내가 내일 할게. 한 일도 없는데 왜 이렇게 피곤하지?"

할머니는 씻지도 않고 방으로 가더니 이내 깊은 잠에 빠져들었다. 삼촌이 물수건으로 잠든 할머니의 손과 발을 닦았다. 할머니는 갓난 아기처럼 새근새근 코를 골며 깊은 잠에 떨어졌다.

승제는 말없이 그런 할머니와 삼촌을 지켜보았다. 가슴이 자꾸 뛰었다. 저러다 저러다…… 끔찍한 상상이 승제를 괴롭혔다.

"승제야, 너도 올라가서 쉬어라."

잠든 할머니를 다 닦아드린 삼촌이 말했다.

"삼촌은?"

"나는 오늘 여기서 잘게."

"할머니랑?"

"어. 어서 올라가."

"삼촌이 올라가 내가 할머니랑 잘게."

"아냐. 넌 내일 학교 가야지. 걱정 마. 일시적인 치매인 것 같아."

"정말 괜찮을까요?"

"그럼. 걱정 말고 올라가. 내일 아무 일도 없었던 것처럼 할머니 대하자. 아무 일도 없었던 것처럼."

"네. 안녕히 주무세요."

"그래 어서 올라가 쉬어라."

승제는 방으로 올라갔지만 무엇을 해야 할지 알 수 없었다. 할머니만이 아니라 승제도 넋이 나가 있었다.

“내일 가방이라도 싸두자.”

승제는 가방을 열었다.

“참!”

가방 속엔 탁 삼촌이 선물한 스틱이 면 보자기에 싸여 있었다. 면 보자기를 풀자 스틱에 〈American Classic〉 로고가 희미하게 남아 있었다. 그리고 스틱 위쪽에 남아 있는 〈탁〉이란 글자가 끌로 새겼는지 파여 있었다.

승제는 그 스틱을 만지며 탁 삼촌이 드럼을 치던 모습을 떠올렸다. 승제가 보기엔 원장 선생님 못지않은 실력이었다.

면 보자기 한쪽 끝에 제비꽃이 일곱 송이나 수 놓여 있었다. 제비꽃 보랏빛은 하나하나 생생한 아름다움으로 승제를 올려다보는 듯했다. 뭔가 할 말이 있는 듯한 빛깔이었다.

‘고맙습니다. 저도 열심히 할게요.’

탁삼촌을 떠올리자 뭔가 마음의 안정이 오는 것 같았다. 마음에 평화가 다가온 느낌. 그가 봉투를 주며 씩 웃었던 모습도 떠올랐다.

“자 이거 삼촌 된 기념으로 주는 용돈이야. 쓰고 싶은데 써. 담배나 술은 사지 말고.”

승제는 그가 했던 말과 승제를 감싸 안는 듯한 표정을 떠올리며 호주머니 깊숙이 넣어둔 한지 봉투를 꺼냈다. 조카 된 기념으로 받은 용돈. 봉투 속엔 다시 하얀 한지로 싼 돈이 들어있었다. 돈을 싼 한지 위에 돈의 출처를 밝히는 것처럼 명함 한 장이 스카치테이프로 가볍게 붙어 있었다.

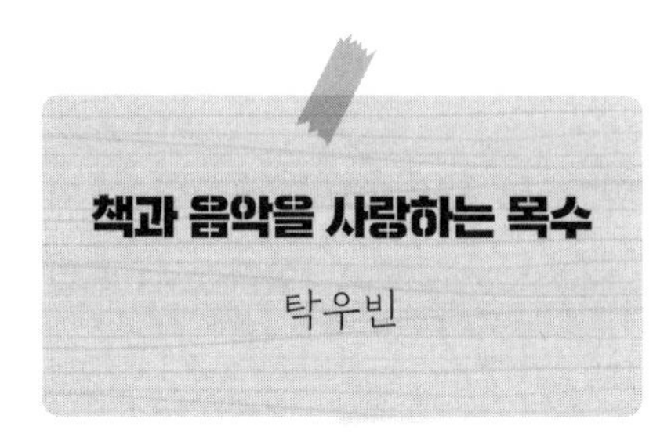

목수여서 그런가. 나뭇결무늬의 명함은 단순했다. 명함 뒤에 더 작은 글씨로 이름과 이메일만 간단히 적혀 있었다. 전화번호도 없었다. 세상 사람들과 전화 연락을 원하지 않는 사람 같았다. 하얀 한지를 풀자 빳빳한 오만 원권이 나왔다.

헐! 오십만 원. 승제는 그 돈을 그대로 한지로 쌌다. 아무래도 받아선 안 되는 돈 같았다. 새로 삼촌-조카를 맺었다 해도 승제가 받기엔 너무 큰 액수였다.

'삼촌도 탁 삼촌도 다 특이한 사람들이야.'

그때 책상 위에 꺼내 놓은 핸드폰이 문자 신호를 보내왔다. 탁우빈 삼촌이었다.

승제야, 할머니는 좀 어떠시니?

승제가 탁 삼촌을 떠올릴 때 그도 승제를 생각한 게 분명했다.

저녁 드시고 잠드셨어요.

병원에 안 가도 될까?

삼촌이 내일 가 본대요.

그래 조카도 이제 좀 쉬어

탁 삼촌 귀한 스틱과 어머어마한
용돈 고맙습니다.

나 돈 많아. 나 유명한 목수야. 니 삼촌처럼 유명한 학자는
아니지만 돈도 많이 모았어. 그 정도는 줄 수 있어. 게다
가 넌 내가 가장 아끼는 친구 같은 후배, 병익이 조카잖아.

지금 운전 중 아니에요?

아니 가다가 내 단골 카페에서 커피 마셔.
오늘 너무 놀라서 마음을 안정시키려고. 일기도 쓰고.

일기를 쓰세요?

응. 역사적인 날이잖아. 나에게
조카가 생겼잖아.

참 독특한 분들이세요. 두 삼촌 다요.

니 삼촌이 더 독특하지. 난 그에
비하면 새 발의 피.

아닌데. 우리 삼촌보다 탁 삼촌이 더 독특해요.

ㅋㅋㅋ 넌 아직 니 삼촌의 실체를 몰라서 그래. 니 삼촌이
얼마나 날라리였는지 아니. 그래서 대학 때 우린 죽이 맞
았거든. 나도 쫌 날라리였거든.

탁 삼촌은 아직도 ㄴ ㄹ ㄹ 같아요.(죄송!!!!!!)

조카도 만만치 않아. 끼가 다분해. 삼촌 피를
너무 많이 물려받은 것 같아. 니 아빠가 살아
계셨으면 불벼락이 떨어졌을걸.

아마도요

니 삼촌도 니 아빠한테 엄청 시달렸어. 다행히 니 삼촌은 공부 잘하는 날라리였어. 그래서 그나마 니 아빠가 봐 준 거야.

그렇게 공부를 잘했어요?

지고 못 사는 성미거든.
내가 문자질하는 줄 알면 니 삼촌 골낼 거야.

삼촌도 허락했잖아요.

그래 잘 자.

탁 삼촌은 서둘러 인사하고 카톡에서 나갔다. 순간 승제 귀에 삼촌 방문이 열리는 소리가 들렸다. 대박! 탁 삼촌이, 삼촌이 오는 걸 눈치 채고 나갔나?

승제는 책가방을 마저 싸고 문을 열었다. 트레이닝복으로 갈아입은 삼촌이 베개를 가지고 나오고 있었다. 눈빛이 충혈 되어 있었고 얼굴이 어둡고 까칠해 보였다.

"어서 씻고 자. 할머니는 깊이 잠드셨어."

"할머니 괜찮겠지요?"

"괜찮을 것 같아. 어서 자."

"삼촌도 안녕히 주무세요."

아래층으로 내려가는 삼촌의 등을 보며 승제는 스스로 놀랐다. 내가 달라졌어. 삼촌이 밉지가 않아. 새삼스런 발견. 스스로 생각해도 놀라운 발전이었다.

새벽 5시. 어머니 옆에서 잠들었던 삼촌은 가만히 눈을 떠 잠든 어머니를 보았다. 조명등 희미한 불빛에 드러난 어머니는 아주 평화롭게 잠들어 있었다.

'어머니 건강하셔야 해요. 그래서 승제가 자라는 것을 지켜봐 주셔야죠. 저 혼자는 힘들어요. 저 혼자 형과 형수 노릇을 다 하지는 못할 것 같아요. 승제 장가가서 아기 낳으면 아기도 봐주시고요. 형수가 안 계시니까요.'

삼촌은 생각만으로도 우스운지 입가에 엷은 웃음이 떠올랐다. 어머니의 이불을 잘 덮은 후 방을 나왔다.

자기 방으로 가려던 삼촌은 걸음을 돌려 승제 방문을 조심스럽게 열었다. 잠을 이루지 못하다가 늦게서야 눈을 붙인 승제는 벽을 향해 죽은 듯이 자고 있었다.

할머니는 어제의 일을 기억하지 못했다. 여느 때처럼 아침 일찍 일어나 식사 준비를 하고 아들과 손자를 깨웠다. 승제와 삼촌은 아직도 피곤이 덜 풀린 듯한 모습으로 식탁에 앉았다.

“어쩐 일이야. 둘 다 깨워야 일어나고. 아주 깊이 잠들어 있었어.”

“늦게까지 책 좀 볼 게 있어서요. 승제도 늦게까지 공부하는 것 같더라고요”

삼촌이 먼저 물 한 모금을 마시고 나서 입을 열었다. 승제는 눈치 빠르게 삼촌 말을 이었다.

“숙제가 많아서요. 어휴 아직도 졸려요.”

삼촌은 밤새 할머니를 지켜보다가 날이 밝을 무렵 이층으로 올라갔다.

“참 어머니.”

삼촌이 중요한 전달이라도 있다는 듯한 얼굴로 국을 뜨는 어머니에게 말했다.

“저랑 오늘 병원에 같이 가요.”

“병원에?”

할머니 얼굴에 공포 같은 두려움이 떠올랐다.

“어디 아파?”

국대접을 삼촌 앞에 놓으며 조심스럽게 물었다.

“아뇨. 내 친구가 엄마 모시고 병원 다녀왔다고 자랑해서요.”

“난 또…….”

할머니 얼굴에 떠오른 두려운 그늘이 사라지고 웃음이 떠올랐다.

"병원 가면 어머니가 얼마나 건강한지, 백 세까지 살 수 있을지 없을지 검사해 준답니다. 골밀도도 알아보고요. 승제 장가가서 증손 봐 주려면 백 세까지는 사셔야죠."

"백 세로 되겠니? 백오십까지 살려고 하는데. 내가 오래 살면 너희들이 고생이지 뭐."

"할머니, 백오십까지 사시려고요?"

"어. 싫어? 겁나?"

할머니는 마지막 국을 떠서 자리에 앉았다.

"아뇨. 근데 할머니, 백 살까지 살려면 오늘 삼촌이랑 병원 가서 건강진단인가 뭐 해 봐요. 백 살까지 살 수 있다면 결혼할게."

승제는 은화 얼굴이 떠올라 얼굴이 화끈거렸다.

"애 좀 봐라. 장가 안 간다고 하던 애가 이제 대놓고 장가간단다."

"내가 언제요. 할머니가 백 세까지 살 수 있다면 간다고요. 나를 위해서가 아니고 할머니를 위해서요. 그러니까 오늘 삼촌이랑 병원 다녀오세요. 삼촌, 효자 노릇하지 못해 지금 안달 났잖아요."

"너희들 나 병원 데려가려고 짰구나."

할머니는 그러면서도 싫지 않은 얼굴이었다. 결국 그날 오후 할머니는 삼촌과 병원에 갔다. 삼촌이 새로 산 승용차를 처음 타고 간 것이다.

할머니의 병명은 알츠하이머병(Alzheimer's disease). 전체 치매 환자의 약 50-80%가 알츠하이머병 때문이라 했다. 알츠하이머병은 대뇌 피질세포가 점진적으로 퇴행되어 기억력과 언어 장애만이 아니라 판단력과 방향 감각이 상실되고 성격까지도 변하여 자신을 제어하지 못하는 병이다.

삼촌은 할머니의 상태를 확인했지만 할머니에게 자세히 말하지는 않았다.

"어머니, 아주 건강하시대요. 건강관리 잘하시면 승제 장가보낼 수 있겠어요. 그러니까 집에만 있지 말고 아침저녁으로 동네 공원도 걷고 그러세요. 지금은 괜찮지만 언제 깜박할지 모르니까 이름표 목걸이도 목에 걸고 다니는 게 좋겠어요. 그리고 이 약 꼭 챙겨 드세요. 몸에 좋은 영양제예요."

"먼저 살던 동네 슈퍼 할아버지 있지? 그 노인이 치매에 걸려서 목에 집 주소하고 아이들 전화번호 써서 걸고 다녔대. 언제 무슨 일이 일어날지 모르니까."

다행히 할머니는 이름표 목걸이에 대한 저항을 드러내지 않았다.

며칠 후 할머니는 이름표 목걸이를 걸었다. 목걸이의 펜던트치고는 좀 커 보이는 사각 자수 펜던트 목걸이로 앞면은 잔잔한 꽃이 박혀 있었지만 뒤에는 주소와 삼촌, 승제 전화번호가 수로 놓여 있었다. 삼촌이 자수공방에서 특별히 주문한 목걸이였다.

"참 예쁘게 만들었네."

꽃을 좋아하는 할머니는 꽃이 수놓인 그 목걸이를 아주 좋아했다.

그만큼 공들인 목걸이였다.

승제는 탁 삼촌에게 좀 긴 메일을 보냈다.

병원에 다녀온 할머니 이야기와 자수 목걸이. 자수 목걸이를 자랑스럽게 목에 건 할머니 사진도 첨부파일로 보냈다.

삼촌은 날마다 할머니를 모시고 둑방으로 산책을 나갔다. 때로는 승제도 따라나섰다. 둑방으로 운동을 하러 나온 사람들은 젊은 사람들보다 노인들이 더 많았다. 건강하게 살고 싶은 노인들이라고 승제는 그들을 볼 때마다 같은 생각을 했다.

15

비밀 공개를 위한 특별한 장소

승제에게 변화가 생기기 시작했다. 드럼에 매달리는 만큼 공부에 집중하기 시작한 것. 공부에 더 매달리기 위해 드럼을 치는 아이 같기도 했고 드럼을 더 잘 치기 위해 공부에 집중하는 것 같기도 했다.

드럼 스쿨에 두 번 가던 것을 한 번으로 줄이고 대신 삼촌의 과외를 주 3회 받기로 하면서 승제는 바빠졌다. 어리바리 삼총사가 불만을 터뜨릴 만했다.

어리바리 삼총사가 모처럼 호기네 집에서 뭉쳤다. 호기 부모님과 누나가 늦게 오신다고 한 날이어서 호기는 학원까지 제치고 삼총사를 소집했다. 승제는 은화에게 가족행사가 있어서 드럼 스쿨 빠진다는 카톡을 보냈다.

알았음 즐건 시간 보내삼

은화 답장을 확인하고 호기네 집에서 모처럼 라면 타임을 가졌다. 라면은 항상 호기가 끓였다. 셋 중 가장 맛있게 끓였다. 덜 익어서 꼬들거리지도 않고 너무 익어 물렁거리지도 않게 라면 끓이기. 그건 호기의 특기였다.

그날도 호기는 맛깔스럽게 잘 끓인 라면을 막 익기 시작한 김치와 함께 내놓았다. 라면 생각이 절로 날만큼 김치 냄새가 세 사람의 후각을 사로잡았다.

"와 김치 냄새 좋다."

승제가 먼저 찬사를 보냈고 진규도 박수를 하고 나서 손부채로 라면 냄새를 코로 모았다.

"아침에 이 김치 냄새를 맡는데 너희들 생각이 나더라고. 엄마, 아빠에 누나까지 다 늦게 오신다 해서 내가 너희들을 위해 희생하기로 했어. 너희들은 내 생각 나만큼 안 하지?"

"라면 이스 굿! 베리베리!"

영어 성적이 항상 50점 이하인 진규지만 생활 영어에서만큼은 누구에게도 뒤지지 않았다. 틀린 표현일망정 망설이지 않고 모국어처럼 자연스럽게 구사한다. 영어 잘하는 친구들이 혹 틀렸단 소리를 들을까 봐 망설이며 조심스럽게 입을 여는 것과는 달리 진규의 영어는 거침이 없다.

Looks like brand new! Looks good!

신상 좋아보인다

I'm feeling down. Leave me alone.

나는 지금 너무 우울해. 말 붙이지마.

일상에서 필요한 영어를 어느 누구보다 많이 알고 자연스럽게 입을 여는 게 진규였다.

"호기야, 아주 맛있다. 너 힘들게 공부하지 말고 라면 전문점 차리는 게 어때? 우리가 팍팍 밀어줄게. 고등학교도 갈 필요 없어. 뭐하러 힘들게 공부해."

진규가 연신 라면과 김치를 집으며 말했다.

"야, 그런 소리 하지 마. 지금은 그렇지만 나중에 니들만 대학 가고 나만 라면가게 사장이 돼 봐. 거기다 중졸 사장 정호기. 나랑 놀고 싶겠냐?"

"나 논다에 한 표. 대신 라면은 공짜로 줘."

진규가 김치를 집으며 말했고 승제는

"나도 호기가 라면 전문점을 차리면 크게 성공한다, 에 한 표. 그래도 대학은 가야 한다, 에 또 한 표."

"아이구 얘 좀 봐라. 요즘 우리 반 빅3가 되더니 달라졌어. 넌 놀면서 공부해도 잘하지만 난 안 놀고 해도 바닥이야."

"그런 소리 마. 나 놀면서 공부하지 않아. 얼마나 집중하는데 우리 아빠가 그랬거든. 할 수 있는데 안 하면 자신에게 죄를 짓는 거라고."

"얼쑤! 박사 났다. 박사 났어. 근데 너 요즘 왜 그렇게 바쁘냐. 어제도 수업 끝나고 농구 한판 하자니까 도망가듯 내뺐잖아."

"그래, 너 요즘 변했어."

"말해 봐 너 여친 생겼냐?"

"삼촌에게 날마다 과외 받는다고 소문이 났던데 그래서 그런 거야?"

"너 빅 스리로 진입하자 고액 과액 받는다고 소문이 났어."

"맞아. 너 고액 과외 받는 거 맞아?"

호기와 진규가 결심한 듯 말을 이어가며 승제를 압박했다.

승제는 이제 비밀을 털어놓을 때가 되었다고 판단했다. 더 이상 미루다가는, 꼬리가 절로 길어져서 다른 입을 통해 듣게 되면 이 친구들에게 배신감을 안겨 줄지 모른다. 승제도 마음을 털어놓을 친구가 필요했다. 삼촌과 탁 삼촌 같은 친구. 분명 두 사람은 비밀이 없는 친구 같은 선후배가 분명했다. 승제가 말하지 않은 승제에 대해 탁 삼촌은 많이 알고 있었다. 날마다는 아니지만 전화나 카톡도 자주 하는 것 같았다. 승제가 의심한 동성애인은 분명 아닌 듯했다. 승제에게도 그런 친구가 필요했다. 승제는 결심했다.

"우리 삼총사 맞지?"

승제는 비장한 얼굴로 입을 열었다.

"갑자기 왜 그래?"

"무슨 일인데?"

“내가 오늘 특급 비밀 공개하려고. 당분간 비밀 지켜 줄 수 있어?”

“뭔데 이렇게 뜸을 들이냐?”

“맹세해.”

“맹세할게. 하나님 이름으로”

“나도. 부처님 이름으로.”

“좋아. 꼭 약속 지켜. 빨리 설거지하고 나가자.”

“어디 가? 특급 비밀 발표한다면서.”

“어. 특별한 장소에서.”

호기와 진규는 어리벙벙한 얼굴로 승제를 따라나섰다. 마을버스가 아닌 광역버스를 타고 10여 분. 그들이 내린 곳은 낯선 동네의 상가 앞이었다.

“여기가 어딘데.”

“따라와.”

영문도 모른 채 승제를 따라간 곳은 노래방이었다. 신을 벗고 들어가는 넓은 홀의 노래방.

“와 디따 좋다. 저 봐 드럼도 있어.”

“정말 특급 비밀답다.”

“승제 너 여기서 노래 연습한 거야?”

승제는 대답 대신 빙그레 웃고 나서 노래방 책을 두 사람 앞으로 밀었다.

“니들이 먼저 불러. 노래 신청해. 그리고 무슨 일이 일어나나 잘 봐.”

사실은 승제도 처음 와 보는 곳이었다. 드럼 스쿨에서 은화가 말해 준 정보였다. 은화도 친구들 때문에 여길 알았다고 하며 드럼 실력을 뽐내기에 더없이 좋은 장소라고 했다.

진규가 먼저 노래를 신청했다. 이제 막 뜨기 시작한 사공산산의 노래였다.

전주곡이 시작되자 승제는 재빨리 드럼 의자에 앉았고 스틱을 잡았다.

"어? 어! 너 뭐야?"

진규와 호기가 놀라는 동안 승제가 스틱을 들고 전주곡에 맞춰 드럼을 두드리기 시작했다.

노래하던 진규가 놀라서 잠시 노래를 멈추더니 모든 상황을 단번에 알았다는 듯이 다시 모니터의 가사를 따라가며 노래하기 시작했다. 호기도 탬버린을 찾아 흔들었다.

진규와 호기는 번갈아 가며 마이크를 잡았다. 쉬지 않고 노래를 신청했고 승제는 그동안 갈고닦은 실력을 총동원해서 아이들의 노래에 드럼 반주를 해 주었다. 순식간에 한 시간이 지나갔다.

"야, 너 언제 드럼 배운 거야?"

노래방 주인이 추가 시간 15분을 서비스해주었지만 호기도 진규도 내려놓은 마이크를 잡지 않았다.

"배운 지 얼마 안 돼."

"너 정말 끝내준다. 나도 좀 배워주라."

"나도 학원에서 배웠어."

"거기 어디냐? 나도 배우고 싶다. 너 완전 다른 사람 같아."

진규가 덤비듯 말하자 호기도 질 수 없다는 듯이 입을 열었다.

"드럼 스쿨이라고 25편의점 옆에 있어. 우리 학교 골목 끝에."

"알아. 그 하얀 건물 말이지?"

"어. 거기야. 아직 실력이 부족해서 아무에게도 말하고 싶지 않았어. 그런데 나중에 혹시 알게 되면 배신때린다, 할 것 같아서 오늘 서둘러 너희들에게 공개하는 거야. 그리고 너희들에게 항상 고맙게 생각하고 있어."

"야, 고승제 이렇게 잘하면서 뭘 숨겨. 우리 수련회 가면 장기 자랑에 승제랑 우리 팀을 만들어 노래하자. 노래는 경돈이도 잘하니까 모처럼 네 명이 뭉치자고."

"승제야, 학원에 갈 때 나 좀 데려가."

"학원에서 쉽게 안 받아줘."

"뭐야? 그런 학원이 어디 있어. 거기도 공부 잘해야 가는 학원이야?"

"공부가 아니고 학생은 학부모 동의서가 있어야 해. 몰래 다니는 아이들이 있어서 나중에 학부모가 알고 노발대발 화를 낸대. 호기, 진규 니들 부모님이 허락하실 것 같아?"

호기도 진규도 고개를 흔들었다.

"공부도 못하는 게 무슨 드럼이냐고 호통치실 거야."

"맞아. 승제 넌 공붓벌레가 어떻게 허락받았어?"

"공부를 더 잘한다고 약속했거든. 삼촌이 하는 과외도 받겠다고 약속했어. 드럼 배울 당시에는 그거 안 배우면 꼭 죽을 것 같았어."

"박사 삼촌이 허락했어?"

"어. 내가 중간고사 엉망으로 봤잖아. 되게 걱정되었나 봐. 공부 열심히 안 하면 그 즉시 끊는다는 약속을 하고 드럼을 시작했어. 드럼 시작하며 공부도 열심히 한 거고. 너희들이 말하는 빅 스리에 든 것도 드럼 때문인 거 같아."

"넌 공부를 열심히 하겠다고 마음먹으면 공부가 열심히 돼?"

호기가 진지한 얼굴로 물었다.

"되지 그럼 열심히 했는데 공부가 안 되는 사람이 어디 있어?"

"여기."

"여기."

호기와 진규는 동시에 입을 열었다.

"난 아무리 열심히 해도 성적이 안 올라."

"나도 그래. 정말 난 돌머리인가 봐. 잘하는 게 없어."

호기가 과장된 표정으로 힘없이 말하자

"왜 없어. 연애도 잘하고 라면도 잘 끓이잖아."

"너 죽을래?"

"아니 살 거야. 살아서 드럼 배워야지."

"그래 살아서 빅 3가 아니라 전교 1등 해라."

"땡큐. 노력할게. 비밀 지켜 줄 거지? 너희들에게만 공개한 거니까. 알려지면 너희 두 사람 책임이야."

"알았어. 알았다고. 밉지만 미워하지 못하는 이기주의자야."

승제는 후련한 마음으로 아이들과 헤어졌다. 이제 맘 놓고 드럼 연습을 할 것이다.

승제는 그날 두 통의 문자를 받았다.

승제야, 나 윤아야. 좀 만날 수 없을까? 정말 미안해. 네가 날 좋아하고 있다는 거 정말 몰랐어. 동성 친구보다 더 친한 이성 친구라고 생각했었어. 그런데 태범이와 만나면 만날수록 자꾸 네가 떠올라. 그제야 나도 너를 좋아했다는 걸 새삼스럽게 깨달았어. 미안해. 정말 미안해. 난 네가 필요해. 전화해줘. 제발! 승제야. 나 태범이와 벌써 헤어졌어.

승제는 마을버스를 기다리며 답장을 썼다.

이제라도 알았으니 다행이네. 나는 이미 벌써 마음 정리를 했어. 새로 사귄 여자 친구도 있고.

새로 사귄 여자 친구는 없다. 그런데 은화 얼굴이 떠올랐고 그렇게 쓰고 싶었다. 승제는 전송을 누르려다 다시 고쳐 썼다.

나는 이미 벌써 마음 정리를 했어.

전송을 누르고 전화번호도 차단해 버렸다. 앓던 이가 빠진 것 같은 마음, 해묵은 가시 하나를 꺼내서 멀리 버린 것 같은 마음. 마음이 아프지도 아리지도 않았다. 정말 윤아가 완전히 정리된 기분이었다. 이제 다시는 마음으로라도 떠올리지 않기를! 그렇게 되기를 빌며 마을버스에 올랐다. 05번 버스는 텅 비어 있었다.

오늘은 왠지 모든 게 잘 풀리는 날 같았다. 친구들에게 드럼 배우는 것도 고백했고 윤아 일도 말끔하게 정리한 기분이었다.

다섯 정거장째. 승제가 마을버스에서 내렸을 때 핸드폰이 잠깐 진동했다. 은화의 카톡이었다. 승제는 제 방에 들어와서야 내용을 확인했다.

승제야, 뭐해?

승제는

친구들이랑 놀다가 헤어져서 지금 들어왔어

썼다가 황급히 지웠다. 참 가족행사 때문에 드럼 못 간다 해 놓고.

친척들이랑 저녁 먹고 지금 들어왔어

시간 되면 학원에 놀러 올래?

오늘?

어. 이따가 올 수 있으면 저녁 아홉 시쯤.

느낌이 이상했다. 지금까지 은화는 드림 학원에 관계되는 일 말고는 먼저 연락하는 일이 없었다.

그 시간은 삼촌이랑 영어 하는 시간이야.

뭔가 알 수 없는 미련 같은 게 승제의 마음을 끌었지만 삼촌과의 약속을 어기고 싶지 않았다.

그렇구나. 공부 열심히 해.

은화의 카톡은 더 이상 이어지지 않았다.

이 이상한 기분은 무엇일까. 승제는 삼촌과 공부를 하면서도 그 이상한 기분을 떨치지 못하고 삼촌의 주의를 몇 번이나 들었다.

"승제야, 너 학교에서 무슨 일이 있었니?"

"아뇨."

"근데 왜 그렇게 안절부절이야. 집중하지 못하고."

이걸 말해야 하나. 말아야 하나.

"삼촌, 사실은요."

승제는 털어놓기로 마음먹었다.

"사실은 은화가 저에게 문자를 보냈어요."

"은화?"

"우리 학원에……."

"아, 그 어린 선생."

승제는 얼굴이 붉어졌고 삼촌은 뭐가 그리 우스운지 웃음이 터지는 걸 억지로 참고 있었다.

'이 애들이 정말 사귀나?'

입 밖으로는 내지 않았다.

"시간 있으면 학원에 놀러 오래요. 학원 일 아니고는 이런 연락을 해 본 일이 없는데 느낌이 이상해요."

"이상해?"

그제야 삼촌은 진지한 얼굴로 물었다.

"네. 뭐가 안 좋은 일이 있는 거 같아요."

"둘이 사귀는 거야?"

"아니오."

하면서도 승제 얼굴이 또 붉어졌다.

"은화 남자 친구 있어요. 고등학생 같았어요."

"그래? 무슨 일일까? 가고 싶어?"

"네. 가서 무슨 일인지 알아야 마음이 편할 것 같아요."

"너, 그 애 좋아하는구나."

"아니에요."

"그렇게 마음 쓰이면 다녀와."

"고맙습니다."

승제는 진심으로 고개를 숙이며 인사했다.

"내가 데려다줄게."

"아니에요. 마을버스 타고 갈게요."

"벌써 열 시야. 은화 있으면 나는 돌아오고 없으면 내 차 타고 다시 돌아오자."

결국 삼촌차를 타고 드럼 학원에 도착했다.

"없으면 바로 나올게요."

"그래. 여기서 10분 기다리고 안 나오면 갈게."

승제는 후다닥 지하로 내려갔다. 자동 센서 조명등이 지하로 내려가는 계단을 밝혀 주었다. 학원에 불이 희미하게 켜져 있었다. 어느 방에선가 드럼 소리가 희미하게 새어 나왔다. 다른 방은 다 불이 꺼져 있고 그 방에만 불이 켜져 있었다. 드럼 말고 다른 음악도 섞여 있었다. 드럼 세트 두 개가 마주 놓여 있는 방이었다.

승제는 조심스럽게 문을 조금 열고 눈을 대었다. 은화가 드럼을 치고 있었다. 은화의 손동작은 격렬했다. 온몸의 힘을 스틱에 담아 드럼에 뿜어대고 있었다. 평소의 은화와는 다른 모습이었다.

'무슨 일일까?'

승제는 차마 들어가지 못하고 문에 귀만 기울였다.

이어지던 드럼이 뚝 끊기면서 울음소리가 터져 나왔다.

"엄마! 엄마!"

은화의 울부짖음이 드럼 소리보다 더 크게 문틈으로 새어 나왔다.

도대체 무슨 일일까. 승제는 차마 들어가 물어볼 수가 없었다. 그렇다고 저렇게 우는 아이를 두고 집에 가기도 그랬다.

승제는 들어가지도 나가지도 못하고 등을 벽에 기대고 울음소리와 드럼 소리를 들었다. 은화가 일어나는 것 같은 기척이 느껴졌다. 승제는 소리 안 나게 밖으로 나와 편의점으로 들어가 몸을 숨겼다. 삼촌의 승용차는 떠나고 없었다.

컵라면 하나를 사서 먹는 둥 마는 둥 할 때 은화가 건물에서 나왔다. 승제는 천천히 은화 뒤를 밟았다. 은화가 마을버스에 올라서는 것을 보고서야 승제는 다음 마을버스를 타고 집으로 돌아왔다.

"은화 있었어?"

삼촌이 기다린 듯 문을 열고 물었다.

"네."

승제는 더 이상 은화 이야기를 입에 올리고 싶지 않았다. 삼촌도 그 낌새를 알아챈 것인지 묻지 않았다.

"어서 씻고 자거라."

"네 안녕히 주무세요."

잘 끝날 것 같던 하루가 그렇게 끝났다.

그날 은화는 승제 꿈에 나타나 승제 잠을 어지럽혔다. 은화는 엄마, 엄마 부르며 사막을 헤매고 있었다.

이튿날 삼촌은 아침을 먹고 나서 승제에게 말했다.

"승제야, 부산에서 학술 세미나가 있어서 다녀올 테니까 할머니 잘 모시고 있어."

"어? 그게 오늘이었어요?"

"그래. 며칠 있다 올 거야."

삼촌은 승제보다 먼저 집을 나섰다. 승제가 학교에 도착했을 때 카톡 문자가 들어왔다. 삼촌이 보낸 문자였다.

승제야, 부산 간 김에 우빈 선배가 있는 고성까지 다녀올게.
할머니 잘 모실 수 있지? 주의 깊게 살펴보고.

걱정 마시고 잘 다녀오세요. 할머
니랑 잘 지내고 있을게요.

16

할머니가 기억하는 것은 어디서 온 것일까

승제 마음속엔 부산으로 내려가는 삼촌이 아니라 은화로 꽉 차 있었다. 점심시간에 승제는 은화에게 카톡을 보냈다.

어제 못가서 미안해.

은화는 종일 카톡을 읽지 않았다. 하교 시간까지도 은화가 카톡을 읽지 않자 뭔가 이상하다고 느꼈다. 마음이 자꾸 불안했다. 하교 시간이 되자 승제는 집으로 가지 않고 드림 스쿨로 달려갔다. 학원가는 날이 아니지만 자기도 모르게 승제의 몸이 그렇게 움직였다.

"어? 이게 뭐야?"

드림 스쿨로 내려가는 출입구 철문이 굳게 내려와 있었다. 지금까지 한 번도 없던 일이었다.

무슨 일이지? 승제는 핸드폰을 꺼내 은화에게 보낸 카톡을 확인해 보았다. 여전히 읽지 않고 있었다. 통화를 시도했지만 핸드폰은 꺼져 있었다. 정말 무슨 일일까. 어제 왜 우느냐고, 무슨 일이냐고 물어봤어야 하는 건데. 승제는 왠지 자기 책임인 것만 같다. 다시 몇 번 전화했지만 여전히 꺼져있었다.

승제는 힘없이 마을버스를 탔다. 집에 가서 연습 패드나 두드려야겠다. 한 정거장 지나고 두 정거장을 지날 때였다.

"아저씨! 잠깐만 세워주세요."

창밖을 보던 승제가 다급하게 소리쳤다.

"왜 그래? 뭐야?"

마을버스는 어느새 세 번째 정거장에 서 있었다. 승제는 버스가 지나온 길을 되짚어 뛰기 시작했다. 분명 할머니였다. 그런데 뭔가 이상했다.

할머니가 처음 보는 에코백을 들고 천천히 가고 있었다. 그런데 그 걸음이 이상했다. 승제는 바람처럼 달렸다.

"할머니!"

재래시장으로 가는 골목 근처. 할머니는 천천히 걷고 있었다.

"할머니!"

승제가 숨찬 소리로 불렀지만 할머니는 대답하지 않았다. 뭔가 다른 사람 같은 할머니. 걸음이 온전치 않았다.

"할머니!"

승제가 할머니 허리를 안으며 외쳤을 때야 할머니는 돌아보았다. 누구세요? 하듯 의심 어린 눈으로 보던 할머니 눈빛이 반짝 빛났다.

"어, 병익아! 학교 갔다 오는 거야?"

승제는 한 걸음 뒤로 물러났다. 가슴이 철렁 내려앉았다. 병익은 삼촌 이름이다. 이럴 수가 할머니가 나를 알아보지 못하다니. 문득 며칠 전 삼촌이 하던 말이 떠올랐다.

"할머니 약 잡수고 있지만 치매가 급속히 진행될 수도 있대. 증상이 나타나는 시기도 더 잦아질 거고. 너를 알아보지 못해도 당황하지 말고 자연스럽게 대해. 아무 일이 없음 다행이고. 너도 잘 지켜 봐."

삼촌이 말한 게 바로 이런 건가. 승제는 억지로 웃어 보였다. 울음을 누른 어색한 웃음이었다.

"네, 네 학교 갔다 와요."

"우리 병익이 뭐 해줄까?"

"갈치조림."

승제 가슴은 높고 빠르게 뛰었다.

"그래. 우리 병익이는 큰할아버지를 닮아 생선을 좋아하지."

승제는 네네 대답만 했다.

그러다가 할머니가 어떻게 집으로 돌아가는지 궁금해졌다. 승제는 슬그머니 할머니 곁에서 떨어졌다. 상가 건물 뒤로 얼른 몸을 숨겼다.

할머니는 처음에 주위를 살피는 것 같더니 다시 걷기 시작했다. 재래시장으로 가지 않고 계속 걷기만 했다. 장 보러 나왔다는 것을 까맣게 잊어버린 것일까. 계속 걷더니 잠깐 멈춰 서서 주위를 불안스럽게 살피기 시작했다. 어린아이가 길을 잃고 불안해하는 모습이었다. 승제는 안 되겠다, 싶어 재빨리 뛰어갔다.

"할머니! 할머니!"

승제가 달려가 할머니를 부축했다.

"아이고."

할머니는 맥없이 스르르 주저앉았다.

"할머니 왜 이러세요?"

"어 병익아 우리 집에 가자."

삼촌 이름이 다시 튀어나왔다.

"네 집에 가요."

승제는 할머니 손을 잡고 길을 건넜다. 할머니는 맥없이 끌려가듯 따라왔다. 다행히 마을버스가 달려와 섰다.

"할머니 타세요."

"집으로 가야지."

"이거 타면 집 앞까지 가요."

할머니는 그날 집에 도착하자 흐물흐물 맥을 추지 못했다. 승제가 부축해서 침대로 모셨다. 침대에 쓰러진 할머니는 까무룩 잠이 들었다. 어떡하지? 삼촌도 없는데. 삼촌은 전화를 받지 않았다. 그때 떠오른 얼굴이 탁이 삼촌이었다.

"어? 이거 승제 조카 아냐. 웬일이야? 조카가 다 전화를 하고."

"삼촌!"

훅 울음이 쏟아지는 걸 승제는 간신히 참았다. 그러나 이미 쏟아져 나온 울음 조각들이 탁이 삼촌 귀로 흘러들어갔다.

"어, 조카 왜 그래? 집에 무슨 일이 있어?"

"삼촌, 할머니가 길에서 나를 몰라봐요. 나를 보며 삼촌 이름을 불렀어요."

"그래?"

탁이 삼촌이 잠시 주춤했다.

"다른 소리는 없고?"

"네."

"삼촌에겐 연락했어?"

"연락이 안 돼요. 부산 갔어요."

"알아. 내가 어떻게든 연락해 볼 테니까. 승제, 너는 할머니 곁에서 잘 지키고 있다가 무슨 일이 생기면 119 불러서 병원으로 가. 무슨 일이 있으면 바로 전화하고. 내가 대기하고 있을게. 지금 어디니?"

"이층 제 방요. 할머니 방에 내려가 봐야 해요."

"그래. 너무 걱정마라. 삼촌도 있고 나도 있잖니. 삼촌에겐 내가 연락할 테니 넌 할머니만 잘 지켜."

"삼촌 연락 안 되면 어쩌지요?"

"왜 그런 걱정을 하니? 걱정 말고 어서 내려가 봐. 삼촌 연락 안 되면 나라도 갈게"

이럴 때 탁이 삼촌이 있다는 게 얼마나 큰 위안인가. 가까운 친척이 전혀 없는 건 아니지만 모두 제주도에 산다. 승제는 전화를 끊고 할머니 방으로 갔다. 아까 조명등을 낮추고 이불을 덮어드린 그대로 할머니는 곤히 잠들어 있었다. 승제는 지난번 삼촌이 했던 것처럼 트레이닝복으로 갈아입고 할머니 곁에 누웠다.

삼촌 빨리 와. 무서워. 엄마 아빠, 제발 부탁이야. 할머니 데려가지 마, 부탁이야. 뜨거운 눈물이 주르륵 흘러 뺨을 적시었다. 저녁을 먹지 않았는데도 승제는 배가 고프지 않았다. 얼마 동안 잊었던 혼자라는 불안이 다시 승제를 덮쳤다.

삼촌은 밤이 늦도록 카톡을 읽지 않았다. 승제는 잠든 할머니를 들여다보다가 잠 속으로 빠져들었다. 밤이 깊어졌을 때였다. 잠들었던 승제는 '아이쿠 아이구 아이구!'하는 소리에 번쩍 눈을 떴다.

"할머니!"

할머니가 침대 아래 떨어져 끙끙거리고 있었다. 승제는 얼른 불을 켰다.

"할머니, 어떻게 된 거예요?"

승제가 몸을 낮추며 물었다.

"화장실 가려고 일어나다가 떨어졌어. 다리를 움직일 수가 없어. 삼촌을 불러라."

"삼촌 부산 갔잖아요."

"참 그랬지."

승제가 할머니를 부축하여 일으키려 했지만 할머니는 신음소리만 흘리며 일어서지 못했다. 할머니는 어느새 맑은 정신으로 돌아와 있었다. 그나마 다행이었다.승제는 급하게 119를 눌렀다. 이내 119구급차가 요란한 소리를 내며 승제네 대문 앞으로 달려왔다. 날이 새려면 한참을 기다려야 할 것이다. 가로등 불빛이 미치지 못하는 곳은 어둠이 가득 차 있었다.

승제는 보호자가 되어 구급차를 타고 병원 응급실로 갔다. 승제가 병원에 도착했을 때 전화기가 흔들렸다. 삼촌이었다.

"삼촌!"

"지금 어디니?"

"병원요. 응급실이에요. 할머니가 침대에서 떨어지셨어요."

"그래. 내가 지금 곧 올라갈 테니까. 너무 걱정마라."

이상하게 삼촌 소리가 멀게 들렸다. 삼촌과 통화했는데도 마음이 진정되지 않았다.

삼촌이 서울로 온 것은 날이 훤하게 밝은 후였다. 연락이 안 된 것은 핸드폰을 숙소에 두고 세미나장에 갔었기 때문이라고, 미안하다 했다. 입원실 침대로 옮긴 할머니가 잠들어 있었고 승제가 잠든 할머니를 지키고 있을 때였다.

"승제야."

"삼촌."

승제는 그동안 참았던 눈물을 흘리고 말았다.

"고생했다."

"저 때문이에요. 잘 지키라 했는데 제가 잠든 사이에 침대에서 떨어졌어요."

"승제야, 울지 마라. 네 탓이 아니다. 어린 너에게 어머니를 맡기고 간 내 탓이지."

할머니는 여러 검사를 했다. 수술 날짜가 잡히는 대로 고관절 골절 수술을 받는다고 했다. 승제는 자기 때문에 그런 것 같아 견딜 수가 없었다. 고관절 골절. 그게 뭔가 하고 승제는 핸드폰으로 검색하다가 기겁할 뻔했다.

'노인들의 낙상은 사망으로 연결될 수 있다는 사실을 아는 사람은 많지 않다. 노인들의 고관절 골절은 합병증으로 1년 내 사망할 확률이 20% 정도나 될 정도로 치명적'이라는 기사를 읽은 것이다. 할머니 안 돼! 승제는 몸을 부르르 떨었다. 엄마가 돌아가시던 때, 아빠가 돌아가시던 때가 한꺼번에 떠올랐다.

한번 닫힌 드럼 스쿨 철문은 열리지 않고 은화는 며칠째 소식이 없다. 그러다가 할머니가 수술을 받은 날 승제는 뜻밖의 소식을 들었다. 드럼 스쿨 원장이 은화를 데리고 야반도주했다는 것이다.

드럼 스쿨 문이 열렸나, 하고 버릇처럼 학원 앞까지 갔다가 역시나 굳게 닫힌 철문을 보며 편의점에서 음료수를 샀다. 그런데 거기서 김밥을 먹던 어른들이 수군거렸다.

"드럼, 저 학원 원장 야반도주했다며?"

"나도 그 소식 들었어. 마누라는 일찍 집을 나갔고 딸과 둘이 산다는데 빚이 많았다는구먼."

"전에 큰 악기점도 운영했다던데 그게 다 빚이었다더군."

"그렇대. 참 좋은 사람이었는데 가정살림도 꽝이고 사업 수단은 없었던 것 같아. 그 딸내미도 드럼 선수라던데."

"어. 우리 딸이 그 애랑 같은 학교 다니는데 그 애가 지 아빠랑 도망가는 바람에 난리가 났대."

"무슨 난리?"

"우리 딸 학교에 밴드가 있는데 전국대회 대상도 받은 밴드래. 다음 달에 또 전국 대회에 나가야 하는데 드럼 주자가 사라져 버렸으니 어떡해."

"그 정도 잘하는 아이였어?"

"어. 그 딸내미 드럼도 잘하고 연애질도 잘했대. 얼굴값 하는 거지 뭐. 새초롬하니 예쁘게 생겼어. 가끔 남자 친구랑 다니는 걸 봤어. 고등학생 같더라고."

승제는 힘없이 편의점에서 나왔다. 그랬구나. 그랬구나……. 카톡에는 여전히 안 읽은 문자가 그대로 남아 있었다. 그 남자 친구에게는 소식을 전했을까. 야반도주는 어디로 했을까. 그날 은화가 오라고

한 날 일찍 갔다면, 울면서, 엄마를 부르기 전에 갔다면 자기 사정을 나에게 말했을까? 승제는 병원으로 가는 버스를 타고서 계속 은화 생각에 빠져 있었다.

"이번 정거장은 푸른병원 앞입니다."

승제는 재빨리 하차 벨을 눌렀다.

승제는 드럼 스쿨에 못 가는 대신 집에서 연습 패드만 두드렸다. 연습 패드를 두드리기 시작하면 어김없이 은화 얼굴이 떠올랐다. 연습 패드를 두드리는 시간이 점점 늘어났고 말수가 적어졌다. 대신 다이어리를 꺼내 뭔가 적는 시간이 많아졌다.

노인의 낙상은 정말 위험하다.
낙상이 빌미가 되어 사망하는 경우가 많다.
내가 그날 좀 더 신경 써서 할머니를 지켰어야 했는데.

할머니마저 돌아가시면 나는 어떻게 될까 요즘 자꾸 그런 생각이 든다. 이제 정말 나는 혼자라는 생각이 자주 든다. 어제도 엄마 아빠 꿈을 꾸었다. 엄마, 아빠 제발 할머니 데려갈 생각하지 마. 알았지?

삼촌은 요즘 바쁘다. 할머니에겐 간병인이 붙어 있지만 내 아침밥과 저녁밥을 삼촌이 준비한다.
삼촌은 엄마나 할머니와는 다르다. 식단표를 작성하고 칼로리를 따진다.
"승제 너도 우리 집안 가족병력을 알지? 붉은 살코기는 안 좋아. 흰 고기, 닭고기나 생선 채소를 주로 먹어야 해."
우리 가족들은 모두 생선을 좋아한다. 잠재적으로 대장암을 이기기 위해 몸이 그것을 원한 걸까. 할아버지 때부터 지켜온 식습관 때문일까. 그래도 아빠는 일직 세상을 떠났다. 그러고 보니 삼촌도 곧 아빠 나이가 될 텐데.
"삼촌, 나는 아직 어리니까 괜찮아. 삼촌은 꼭 지켜요."
"어. 고맙다."
삼촌은 오늘 된장국을 뜨며 웃어 보였다.
"삼촌, 그런데 언제부터 이렇게 음식 잘했어요?"
"미국 살면서 나도 모르게 음식 하는 게 몸에 배였어."
"된장국이 참 맛있어요."
"된장이 좋아서 그래. 병원에 갈 때 된장국 가져다드려야겠다."

할머니 된장은 할머니가 집에서 담근 것이다.

"할머니 언제 퇴원하게 될까요?"

"일주일은 더 있어야 할 것 같아."

"승제야, 할머니 퇴원하면 치매 진행이 더 빨라질 수도 있어. 정확한 것은 아니지만 수술하면서 마취시키는 동안 뇌가 힘들어서 점점 치매가 심해진대."

"우리 할머니 불쌍해서 어떡해요. 저보고 자꾸 삼촌 이름을 불러요."

"니 모습이 내 어릴 때랑 비슷하대. 그래서 널 보면 내가 떠오르나 봐."

할머니가 세상을 떠난다면 나는 어떻게 될까, 삼촌이 있지만 할머니가 안 계셔도 나에게 잘해줄까. 지금은 결혼을 안 했지만 나중에라도 결혼을 하고 자식이 생기면 그때도 나에게 잘해줄까. 이런 생각을 하자 나는 또 불안해졌다. 우리 아빠가 살던 집은 어떻게 되었을까. 할머니가 퇴원하면 꼭 물어봐야겠다.

삼촌은 나 때문에 병원과 집을 오가며 산다.

나도 하루에 한 번은 병원에 가서 할머니 얼굴을 보고 온다.

할머니는 일어나 걷지만 못하지 정신은 말짱하다.

할머니의 부탁 - 옥상과 베란다, 마당에 있는 꽃과 야채에 하루에 한 번 빗물을 주라고 신신당부했다.

나는 네, 네, 네 걱정 마세요. 하고 과장된 소리로 약속했다.

내가 드럼 학원에 안 가는 걸 삼촌이 알았다. 할머니 때문에 경황이 없어서 나에게 관심이 없어진 것일까. 참 빨리도 알았다. 우리 아빠나 엄마였으면 내가 말을 하지 않아도 느낌만으로도 알았을 것이다. 그래서 친엄마, 친아빠가 필요한 것이다. 삼촌은 오늘에야 물었다. 할머니 병실에서였다.

"너, 요즘 드럼 학원 안 가니?"

"드럼 학원 문 닫았어요."

나는 덤덤하게 말했다.

"언제 왜?"

"벌써요. 학원 원장 야반도주했대요."

"그래? 그 사람 그렇게 안 봤는데."

"나쁜 사람은 아니었대요. 빚이 많았대요."

"넌 이제 어떻게 할 거야. 다른 학원 알아봐."

다른 학원. 나는 아직 그럴 마음이 없다. 은화가 나타날 것만 같다. 다시 문을 열 것만 같다.

하루 한 번씩은 꼭 병원에 들려 할머니 얼굴을 본다. 할머니는 요즘 걷기 연습을 한다. 목발과 삼촌에 의지하며 조금씩 걷는다. 그런 삼촌을 두고 병원 사람들은 효자 아들이라고 칭찬이 자자하다고 할머니가 기분 좋은 얼굴로 들려주었다. 병상이지만 할머니와 삼촌이 다정하게 지내는 모습을 보며 나는 소외감을 느낀다. 내가 아무리 잘한들 나는 손자고 삼촌은 아들이라는 생각을 떨쳐 버릴 수 없다.

오늘 학교가 끝나고 병원으로 가려고 버스 정류장으로 가려는데

승제야, 병원 들리지 말고 바로 집에 가 있어.

오늘이 과외 받는 날이었다. 나는 빈집으로 들어가며 왠지 쓸쓸하다. 아빠가 보고 싶다. 사무치도록 보고 싶다. 아빠가 돌아가시지 않았다면 삼촌도 오지 않았을 것이고, 할머니는 내 차지가 되었을 것이다. 아빠가 계실 때는 아빠보다 나를 더 사랑했던 할머니였다. 아빠가 돌아가시며 모든 게 엉망이 되고 말았다.

병원 침대에 누워 있지만 할머니는 요즘 참 행복해 보인다.
역시 손자보다 아들인 모양이다. 그런 할머니, 그런 삼촌이 서운하다. 보기 싫다. 내가 너무 이기적인건가?

간병인이 있지만 삼촌은 거의 병원에서 산다. 그러면서도 내가 과외를 받는 날에는 잊지 않고 집으로 들어와 내 공부를 봐준다. 지독한 삼촌. 오늘 보니 흰머리가 여기저기 생겼다. 안 보이던 흰머리였다.

17

해피 벌스 데이 투 유

아침밥을 먹기 위해 아래층으로 내려갔더니 '해피 벌스 데이 투 유' 노래가 합창으로 들려왔다. 웅장하면서도 경쾌한 남성합창단의 생일 축하 노래였다. 아무리 클래식을 좋아하지만 아침부터 무슨 생일 축하 노래람. 승제는 이런 생각을 하며 주방으로 들어갔다.

"어서 와 생일 축하해."

앞치마를 두른 삼촌이 아침상을 차리다가 활짝 웃으며 말했다.

"어? 그러네. 오늘 내 생일이에요. 까먹을 뻔했어요."

승제는 아침상을 차리는 삼촌을 보며 혼자 생각했다. 어떻게 내 생일을 알았을까. 병상의 할머니가 말해주지는 않았을 것이다. 아, 아니다. 삼촌은 미국에 있을 때도 내 생일은 잊지 않고 선물을 보내주었다. 카드 한 장 없는 썰렁한 선물일망정 내 생일만은 잊지 않았다. 할머니가 집에 계실 때는 꼭 미역국을 끓여 주었는데 삼촌이 미역국을 끓일 줄 알까. 승제는 식탁에 앉았다.

"내가 옥돔 미역국 끓여 봤는데 네가 좋아할지 모르겠다."

뜻밖이었다. 삼촌은 승제가 앉자 냄비 뚜껑을 열고 미역국을 그릇에 담아 내놓았다. 옥돔 냄새가 미역 냄새와 섞이며 좋은 냄새를 만들었다.

"아, 맛있어요. 그런데 삼촌이 어떻게 이런 생각을 해냈어요?"

"요즘은 인터넷에 다 있어. 많이 먹어라. 이따가 할머니도 한 그릇 갖다 드려야겠다. 할머니도 이 국 좋아하셨는데. 참 승제야, 오늘 저녁은 외식하자. 우빈 선배가 서울에 볼일이 있다 해서 같이 저녁 먹자 했어. 괜찮겠지? 너 생일축하도 할 겸."

"탁이 삼촌이 와요?"

승제는 우빈 삼촌이란 호칭보다 탁이 삼촌이 입에 익었다.

"응. 며칠 동안 우리 집에 머물며 일 보고 내려가기로 했어."

"좋아요. 근데 어느 방에서 주무시죠? 내가 할머니 방으로 내려가서 잘까요?"

"안 그래도 돼. 옥탑방, 그 방은 선배 방이기도 하거든. 이 집 지을 때부터 그 방은 선배가 달라고 했어. 자기도 서울에 방 하나 가지고 싶다고. 그 방에 선배 물건들도 있고."

승제는 언젠가 식당에서 '선배 방'에서 자고 가라고 했던 삼촌 말이 떠올랐다.

그 비밀의 옥탑방이 탁이 삼촌 방이었구나. 할머니는 삼촌 책 창고라고 했는데.

그런데 그날 학교에 가며 승제는 또 생각했다. 탁이 삼촌 방이지만 집주인은 삼촌이고 삼촌도 그 방의 비밀번호를 알고 있다. 그 방엔 기타도 있다. 승제는 뭔가 비밀의 방으로 다가간 느낌이었다.

승제는 오랫동안, 아니 그 방을 처음 보았을 때부터 강한 느낌을 받았다. 뭐라고 할 수 없지만 옥상에 올라갈 때마다 그 방을 열어보고 싶은 마음이 깊게 뿌리를 내리고 있었다.

그날 저녁은 지난번에 갔었던 제주 음식점 '모슬포'에서 있었다. 탁우빈 삼촌이 생일축하 케이크를 샀고 저녁도 산다고 했다.

생일 케이크에 초를 꽂고 생일축하 노래를 부를 때 승제는 깜짝 놀랐다.

삼촌과 탁 삼촌의 목소리가 가수 뺨치게 훌륭했기 때문이다. 삼촌은 미성의 테너였고 탁 삼촌은 윤기 있는 바리톤이었다. 두 사람은 자연스럽게 화음까지 넣으며 '사랑하는 고승제 생일 축하합니다' 하고 노래를 끝냈을 때 승제는 꿈을 꾸는 것 같았다. 우렁우렁한 소리가 식당 전체를 꽉 채우는 것 같았다.

아, 내가 삼촌을 닮아 음악을 좋아하는구나. 하는 생각이 절로 들었다.

식사가 끝나고 종업원이 웃음 가득한 얼굴로 후식을 내려놓으며 말했다.

“노래 너무 잘하신다고 다른 방 손님들이 다 칭찬하세요. 저도 깜짝 놀랐어요.”

“잘 못 해요. 고맙습니다.”

탁 삼촌이 고개까지 숙이며 인사했다.

종업원이 나가고 차를 마시며 삼촌이 가방에서 조그만 종이봉투를 내밀었다.

“승제야, 네가 드럼을 계속할지 그래서 전공까지 할지 모르지만 지금은 중학생이니까, 그냥 즐겁게 취미라고 생각하고 드럼을 쳐. 이거 드럼 연주가 돋보이는 CD야. 드러머들이 선호하는 음반이래. 시간 날 때 들어 봐.”

“고맙습니다. 잘 들을게요.”

삼촌이 그중 하나인 캐빈 길버트(Kevin Gilbert) 의 〈Thud〉를 들어 보이며 말을 이었다.

“이건 우빈 삼촌이 가져온 거야. 미국 갔을 때 사온 귀한 CD야. 우빈 선배도 아끼는 거니까. 들어보고 맘에 안 들면 돌려 드려. 드럼보다 노래가 좋은 것도 있고.”

“네 고맙습니다.”

두 삼촌이 커피를 마실 때 승제는 아이스크림을 먹었다. 천천히 아이스크림을 뜨며 승제가 물었다.

“저 죄송한데요. 삼촌과 탁이 삼촌 생일이 언제예요?”

“왜?”

활달한 탁이 삼촌이 먼저 반응했다.

"저도 알고 있어야 생일 선물이라도 드리지요."

"좋지. 10월 8일. 니 삼촌은 6월 3일."

승제는 얼른 핸드폰을 꺼내 입력했다.

"이제 내 생일 기억해 주는 조카가 생겼네. 좋다."

식사가 끝나고 삼촌은 할머니를 보러 병원으로 가고 승제는 탁 삼촌의 낡은 지프를 타고 집으로 갔다.

"요즘도 드럼 열심히 해?"

집에 들어서며 탁이 삼촌이 물었다.

"학원이 문 닫아서 집에서 연습 패드만 두드려요."

"학원이 문 닫아? 운영이 어려운 거니?"

"그건 잘 모르겠어요. 어느 날 갑자기 문을 닫았어요."

원장과 은화가 야반도주했다는 이야기는 하지 않았다.

"그럼 난 올라가서 잘게. 잘 자."

탁이 삼촌이 옥탑방으로 올라갈 때 승제도 따라가고 싶었다.

삼촌 저도 그 방 구경하고 싶어요. 마음에 가득 찬 말이 나오지 않았다. 간절히 원하면서도 가서는 안 될 것 같은 느낌.

"안녕히 주무세요."

탁이 삼촌이 옥탑방으로 올라가는 것을 보고 나서 승제는 선물 받는 CD를 들고 1층 주방을 지나 드럼 연습실로 내려갔다. 2층 거실에도 삼촌이 자주 이용하는 오디오가 있었지만 승제는 반지하 드럼 연주실에서 음악 듣기를 즐겼다. 오롯이 혼자만의 공간이라는 느낌이 드는 그곳이 좋았다. 삼촌이 준 CD 중에서 〈Thud〉를 먼저 꺼냈다. 특별히 탁이 삼촌이 아끼는 CD라고 해서 먼저 꺼낸 것이다. Kevin Gilbert. 승제는 처음 듣는 아티스트의 CD였다. CD플레이에 음악을 걸자 천천히 음악이 흘러나왔다. 음악이 천천히 밤 시간을 죽이며 흘러갔다. 발을 까닥이며 머리를 끄덕이며 듣던 승제는 CD를 들고 승제를 사로잡는 음악의 제목을 훑어보았다.

7. The Tears of Audrey

승제의 귀를 사로잡은 곡은 7번째 곡, 오드리의 눈물이란 곡이었다.

오드리의 눈물은 어떤 눈물일까. 기다 선율에 의지하며 노래하는 남자 가수의 절절함이 승제 마음을 파고들었다. 드럼은 저 밑에서 노래를 돕고 있었다. 드럼이 돋보이는 곡은 아니었다. 가슴 안으로 천천히 그러나 빈틈없이 음악이 흘러들어왔다.

탁 삼촌 고맙습니다. 승제는 음악을 계속 들으며 탁 삼촌에게 카톡을 보냈다.

삼촌, Thud 고맙습니다.
이거 제가 가져도 되나요?

그럼 되고말고지. 아직 안 자고 음악 듣고 있었어?
그만 자. Thud 중에 뭐가 제일 맘에 들어

The Tears of Audrey요.
들어도 들어도 안 물려요.

애 늙은이처럼. 나도 거기서 그걸 제일 좋아해.
나를 기쁘게도 했지만 절망하게도 했던
'The Tears of Audrey'야. 너무 좋아서.

아 삼촌도 이 음악 좋아했군요.
우리 삼촌도 좋아할까요?

아니. 니 삼촌은 클래식 매니아야. 기타도 클래식을 했고.
애 늙은이 같은 곡 말고 'Mr. Big - Hey Man 같은 걸 들어
봐. 그 앨범에 실린 'Take Cover' 드럼이 정말 환상적이야.

아 이거요? 'Mr. Big - Hey Man'
여기 'Take Cover' 있어요.

그래 승제는 그런 걸 좀 들어. 드
럼의 매력을 느낄 수 있을 거야.

네 나중에 들어 볼게요.
저기 삼촌

어 조카

삼촌 나 지금 탁 삼촌 보러 가도 돼요?

승제가 생각해도 뜬금없는 부탁이었다.

지금?

네.

지금 몇 시인데. 어서 자. 나, 니 삼촌에게 야단맞고 여기서 쫓겨나. 승제 공부에 방해되는 일 했다간 당장 쫓아낸다 했거든.

ㅋㅋㅋ 우리 삼촌답다.

그러니 날 위해 어서 자 다오.

네 그럴게요. 탁 삼촌도 어서 주무세요.

탁 삼촌?

네. 내 입에 탁 삼촌이 더 나아요.

그래? 조카, 잘 자게.

삼촌은 그날 아주 늦게 승제가 잠에 들었을 때야 들어왔다. 승제가 자는 것을 확인한 삼촌은 옥탑으로 올라가 똑똑 문을 두드렸다. 그 때까지 옥탑엔 불이 켜져 있었다.

탁이 삼촌은 아침 일찍, 내가 깨기도 전에 일어나 나가고 내가 잠든 다음에야 들어와 자고 또 일찍 나갔다.
다시 고성으로 떠날 때도 내가 학교에 있을 때 카톡으로 내려간다고 알려왔다.
빨리 내려가야 할 일이 생겼다고 했다.
그래도 삼촌은 보고 갔겠지. 그 생각을 하니 서운했다.

7월이 시작되면서 더위가 맹위를 떨치기 시작했다. 올여름이 몹시 더울 거란 예상이 조심스럽게 나오더니 더위는 기상대가 예보한 것보다 더 세게 나왔다. 비가 내리지 않아 식수가 모자란 지역이 있는가 하면 모내기는커녕 거북처럼 갈라진 논을 보며 한숨짓는 뉴스가 연일 보도되었다.

열대야로 잠을 설친 승제가 몸살기가 있는 찌뿌듯한 몸으로 교문 안으로 들어섰을 때였다. 2층 교실에서 학교 정문을 뚫어지게 보고 있던 호기가 후다닥 뛰어 내려와 승제 손을 잡았다.

"이리 와 봐. 완전 대박!"

호기는 호들갑을 떤다고 해야 옳을 정도로 흥분해 있었다.

"이리 와 봐. 빨리빨리."

호기는 승제 손을 끌고 2층으로 올라갔다.

"이거 좀 봐봐."

2층으로 올라가면 바로 게시판 2개가 나란히 붙어있다. 승제가 숨넘어가게 가리킨 것은 오른쪽 게시판이었다.

"뭔데 그래. 숨 좀 쉬자."

"지금 숨을 쉴 때가 아니거든. 여기, 여기 이거."

승제는 호기가 가리키는 곳을 보았다.

드럼 연주자 모집

동아리 밴드부에서는 재능 있는 연주자를 찾습니다

분야 - 드럼

인원- 한두 명(실력이 미치지 못하면 안 뽑을 수도 있음)

학년 - 1,2학년

오디션- 7월 첫 목요일 오후 4시(바로 오늘!)

장소- 음악실(밴드부 동아리 연습실/서관 지하 103호)

승제의 가슴이 쿵쿵 소리를 내며 뛰기 시작했다. 언제 이게 붙어있었을까. 왜 이게 오늘이야 보인 거지? 아니지 '바로 오늘!'이라 한 걸 보면 오늘 붙인 것이다. 그것보다 우리 학교에 밴드가 있었나?

"승제야, 너 한 번 오디션 봐봐."

"호기야, 내가 할 수 있을까?"

승제는 순간 은화 얼굴이 떠올랐다. 학원만 문을 닿지 않았어도 계속 연습했을텐데. 연습 패드로는 계속했지만. 오디션을 통과할 수 있을지…… 승제는 자신이 없었다.

"해 보자. 떨어져도 승제 니가 손해 볼 건 없잖아. 해 봐."

"그래. 떨어져도 내가 손해 볼 것은 없지. 떨어졌다고 상처받을 것도 아니고."

승제는 마음을 굳혔다.

왜 이렇게 시간이 더디 가는 걸까. 승제 마음에는 오후에 있을 오디션으로 가득 차 있었다. 수업 중에도 쉬는 시간에도 승제는 무릎을 드럼 삼아 연습했다. 화장실에 가면서도 계속 손으로 몸을 두드렸다. 승제는 마음의 안정을 찾지 못하고 자꾸 붕 떠오르려는 마음 때문에 수업이 제대로 되지 않았다.

점심시간. 승제는 탁이 삼촌에게 문자를 보냈다.

삼촌. 학교 밴드 동아리에서 드럼 주자를 뽑는대요. 한 번 오디션 보려구요.

ㅋ ㅋ 승제 조카 대단하다. 배운지 얼마 안 되었는데. 좋지. 한번 해 봐. 삼촌도 알고 있어?

아뇨. 어이없어할까 봐. 탁이 삼촌에게 보고하는 거예요. 삼촌은 드럼 고수잖아요. 어떻게 하면 드럼 오디션을 잘 볼 수 있을까요?

특별한 방법은 없어. 중학교 오디션은 어떻게 보는지도 모르겠고.

난 삼촌이라면 뭔가 도움이 될 방법을 알고 있을 줄 알았는데.

근데 너 거기 들어가서 공부 등한시한다고 삼촌이 뭐라고 하지 않을까?

밴드에 들어가면 더 열심히 공부할 거예요. 떨어지면 공부 안 할지 몰라요.

ㅋㅋ그 정신 좋았어. 승제 조카 핫팅!

탁이 삼촌은 와글와글 이모티콘까지 동원해서 승제를 응원했다.

탁이 삼촌. 삼촌에겐 비밀입니다.

승제는 왠지 그러고 싶었다.

마침내 수업이 끝나고 승제는 호기와 진규의 응원을 받으며 서관으로 갔다. 4시 10분 전. 진규는 학원가는 시간이지만 자기가 빠질 수 없다며 따라왔다.

여자아이가 두 명. 그리고 덩치가 아저씨 같은 아이가 밴드부 동아리실 앞에서 대기하고 있었다.

"아직 문 안 열렸어?"

낯이 두꺼운 호기가 먼저 입을 열었다.

"정각 4시에 문 연대."

승제가 문을 밀어보니 꿈쩍도 하지 않았다.

"너희들 모두 오디션 보러 온 거야?"

호기가 다시 입을 열자, 아저씨 같은 아이는 고개만 끄덕였지만 여자 아이 둘은 생글생글 웃으며 입을 열었다.

"너희두? 잘해?"

여자아이 중에 고양이 머리핀을 한 아이가 승제네를 훑어보며 물었다.

“애, 정말 잘해. 노래도 잘하고. 우린 응원하러 왔어.”

그때 안에서 기척이 들리더니 육중한 문이 소리 없이 열렸다.

“들어와.”

음악실에는 밴드부원 서너 명과 지도 선생님인 듯한 여 선생님이 막 들어서는 아이들을 웃음 띤 얼굴로 바라보았다. 선생님은 웃으면서도 한 사람 한 사람을 날카로운 눈으로 살펴보았다.

“우선 거기 앉아.”

키 큰 밴드부원의 지시에 따라 아이들은 음악실 뒤쪽에 자리를 잡고 앉았다.

“1학년 손들어 봐.”

아저씨 같은 아이가 손을 들었다.

호기와 진규가 헐! 하는 눈빛으로 승제를 보았다. 승제도 미소를 지으며 입을 벌렸다. 아저씨 같은데 3학년도 아니고 1학년이래. 이런 뜻이었다.

“2학년.”

승제와 여자 둘이 손을 들었다.

“너희는 뭐야?”

손을 들지 않은 호기와 진규에게 눈을 부라리며 물었다.

“승제 매니저.”

“매니저? 웃겨. 오디션 보는 사람만 앞으로 와서 순서 제비뽑아.”

네 명이 앞으로 나가서 미리 준비한 상자에서 종이 하나씩을 뽑았다. 에이포 이면지를 1/4로 자르고 두 번 접은 종이였다.

승제가 종이를 펴자 붉은 매직으로 3이 그려져 있었다.

“종이에 있는 숫자가 자기 순서니까 그 순서대로 나와서 드럼 연주를 하겠습니다. 먼저 지도 선생님인 이주미 선생님이 말씀해 주시겠습니다.”

키 큰 밴드부원이 지금까지와는 다른 어투로 이주미 선생님을 소개했다.

“여러분 반갑습니다. 한 명도 지원자가 없으면 어쩌나 했는데 네 명이나 와 주어서 고마워요. 이렇게 갑자기 드럼 주자를 뽑게 된 것은 지금까지 드럼을 맡았던 안태춘 군이 부모님을 따라 일본으로 이사를 가게 되었습니다. 그래서 그 자리를 메꾸어야 해서 갑자기 오늘 공고를 냈어요. 미리 공고를 하는 것도 좋지만 갑자기 해야 숨은 실력자를 찾기 쉽겠다는 밴드부원들의 뜻에 따른 것입니다. 오늘 뽑히든 떨어지든 드럼을 통해 행복해지는 여러분이기 바랍니다. 오늘 진행 순서는 메트로놈에 맞추기, 악보 보고 치기, 음원에 맞추어 치기 세 가지를 보겠습니다. 그럼 바로 시작하지요. 진행은 베이스를 맡은 오창민이 합니다.”

키 큰 아이가 오창민이었다.

“자 1번부터 앞으로.”

오창민이 다시 어투를 바꾸어 1번 주자를 불렀다. 아저씨 같은 1학년이 앞으로 나갔다.

"지금부터 메트로놈 켜놓을 테니까 치고 싶은 대로 쳐봐."

메트로놈이 똑 딱 똑 딱 소리를 냈다. 아저씨 같은 1학년이 메트로놈에 맞춰 드럼 연주를 시작했다. 아주 능숙하게 8분 음표와 16분 음표를 연주했다. 베이스 드럼과 하이 햇을 적절히 활용하는 연주였다. 메트로놈 빠르기가 달라졌다. 그 애는 재빨리 그에 맞게 연주했다.

"그만. 다음!"

2번인 여자아이가 나가서 메트로놈에 맞추어 연주했다. 세 번째는 승제. 승제도 메트로놈에 맞춰 연주했다. 메트로놈에 맞추어 연주하는 것은 학원에서도 집에서도 하던 일이라 어렵지는 않았지만 긴장되어 연주가 부드럽지 않았다. 그건 다른 아이들도 마찬가지여서 실력이 엇비슷했다. 승제 귀에는 여자아이보다 아저씨 같은 아이가 더 나았다.

"마지막 4번."

오창민이 호명하자 4번 주자인 여자아이, 고양이 머리핀을 한 여자아이가 벌떡 일어섰다.

"난 기권. 내 실력으론 안 되겠어."

그 애는 가방을 주섬주섬 챙기더니 휑 나가 버렸다.

"그럼 다음은 악보를 보고 연주하기야."

오창민은 마치 예상이라도 했다는 듯이 조금도 흔들림 없이 오디션을 진행했다.

1번 주자가 나갔다. 이미 보면대에는 악보가 놓여졌다.

1번, 아저씨 같은 아이가 악보를 한 번 쭉 훑더니 바로 연주하기 시작했다.

저게 무슨 노래일까? 한 번 연주했던 곡 같기도 하고 전혀 모른 것 같기도 했다. 1번 주자가 드럼을 치는 것으로 봐서는 크게 어렵지 않아 보였다.

연주가 끝나고 2번 여자아이가 쭈뼛거리며 나갔다. 의자에 털썩 앉더니 긴 한숨을 쉬었다. 느리게 더듬더듬 쳐 나갔다.

"그만."

선생님이 차갑게 말했다.

"마지막 3번."

승제가 일어서자 뒤에서 호기와 진규가 큰소리로 외쳤다.

"고승제 핫팅!"

선생님이 빙그레 웃었다. 승제는 드럼 의자에 앉아 악보를 보았다. 영화 '국가 대표' OST butterfly였다.

아, 이거였구나. 그래서 들었던 것 같은 느낌도 들었구나. 더구나 OST에 나오는 드럼 연주가 아니라 쉽게 짜여진 드럼 악보였다. 승제는 재빨리 드럼의 흐름을 머리에 담았다. 아저씨 같은 1학년의 연주도 떠올리며 악보 전체를 마음에 담았다.

먼저 심벌로 시작을 알리며 드럼을 치기 시작했다.

'어리석은 세상은 너를 몰라' 부분까지 입을 다물고 드럼을 연주하던 승제는 자기도 모르게 입을 벌려 노래하기 시작했다.

누에 속에 감춰진 너를 못 봐

선생님만이 아니라 밴드부원들도 놀란 얼굴로 승제를 보았다. 드럼보다 승제의 보컬이 모두를 압도했다.

"재 좀 봐. 우리 싱어보다 훨 나아."

"어디 저런 보물이 숨어 있었지?"

밴드부 부원들이 수군거렸다.

나는 알아 내겐 보여

승제가 노래하자 뒤에 있던 호기와 진규도 함께 노래했다.

그토록 찬란한 너의 날개
겁내지 마 할 수 있어

승제 호흡이 가빠왔다. 이러면 안 돼. 침착하게, 빠르기를 균일하게. 승제는 애써 마음을 다잡으며 노래를 부르며 드럼을 두드렸다. 흥이 많은 호기가 일어서자 진규도 일어서서 박수와 춤까지 동원하며 승제를 응원했다.

뜨겁게 꿈틀거리는

날개를 펴 날아올라 세상 위로

"그만!"

선생님이 스틱을 탁 때라며 연주를 멈추게 했다. 호기와 진규가 오! 고승제 하며 소리까지 질러댔다. 승제는 만족한 얼굴로 자리에 앉았다. 그때였다. 자리에 앉아있던 여자아이가 가방을 들고 일어섰다.

"왜?"

오창민이 짐작하면서도 짐짓 물었다.

"나도 기권이야. 뽑힐 자신이 없어."

여자아이가 나가고 1학년, 아저씨 같은 아이와 승제만 남았다.

"다음은 음원에 맞추어 드럼을 연주할 거야. 정해진 드럼 악보가 없으니까 맘대로 연주해봐. 아까 저 애처럼 노래해도 되고."

아저씨 같은 1학년이 나가서 자리에 앉고 스틱을 들자 곧 음악이 흘러나왔다. 익숙한 전주곡. '나는 나비'였다.

이거라면 자신 있어. 승제는 쾌재를 불렀다. 아주 익숙할 뿐 아니라 탁이 삼촌과 같이 연주했던 곡이었다. 승제는 그날, 탁이 삼촌과 연주했던 느낌을 불러내었다. 자신의 연주가 아니라 탁이 삼촌의 현란한 연주. 그 느낌을 살려내고 싶었다.

그런데 지금 저 소리는 뭐야 1학년 아저씨 같은 아이는 네 박자의 규칙적인 리듬만을 되풀이하고 있었다. '나는 나비'를 모르는 걸까.

아까 악보를 보고 그렇게 능숙하게 연주하던 실력이 어디로 다 사라져 버리고 초보 중의 초보 같은, 규칙적인 리듬만을 쏟아내고 있는 걸까. 승제는 답답했다.

"그만!"

선생님이 스틱이 부러질 정도로 크게 치며 연주를 중지시켰다.

선생님이 물었다.

"이 노래를 모르니?"

"알아요. 전 악보가 없으면 잘 못 쳐요."

선생님이 고개를 끄덕였다.

이제 승제 차례였다. 승제는 드럼 의자에 앉았고 스틱을 잡았다. 곧 음악이 흘러나왔다. 승제는 탁이 삼촌과 연주하던 느낌을 불러내며 온몸을 음악에 실었다.

나는 상처 많은 번데기
추운 겨울이 다가와
힘겨울지도 몰라

이 부분을 연주할 때였다. 승제는 자기도 모르게 가슴이 뜨거워지며 뜨거운 눈물이 흘러나왔다. 이게 무슨 조화일까. 엄마 얼굴이 떠오르고 아빠 얼굴이 떠올랐다. 그리고 옥탑방. 그 옥탑방이 떠올랐다. 그리고 은화 얼굴. 은화는 지금 어디에 있을까.

눈물이 계속 흘러나왔다. 그 옥탑방이 왜 떠오르고 왜 눈물은 이렇게 나는 걸까. 승제는 안간힘을 쓰며 드럼의 마지막 부분까지 연주했다.

선생님과 아이들이 동시에 박수를 보냈다. 승제는 그제야 손등으로 눈물을 훔쳤다. 그러는 자신이 부끄러웠지만 어쩔 수가 없었다.

승제는 그 자리에서 드럼 주자로 뽑혔다. 그런데 조금도 기쁘지 않았다. 승제도 자신의 마음을 알 수 없었다. 드럼보다 더 중요한 일이 있는 것 같은데 그게 뭔지 승제는 알 수가 없었다.

호기가 축하한다며 떡볶이 집에 데려갔을 때야 승제 얼굴은 환하게 펴졌다. 비로소 뽑혔다는 기쁨. 친구들이 고맙다는 생각도 들었다.

"호기, 진규 고맙다. 너희들이 응원해 주어서 힘이 됐어."

"내가 이제 니 매니저 할게."

진규가 먼저 입을 떼었고 호기도 지지 않고

"야, 우리 기획사 차릴까? 이름을 뭐로 지을까?"

하며 너스레를 떨었다.

아이들과 헤어져 집으로 가는데 승제 마음이 다시 쓸쓸해졌다. 삼촌은 지금 병원에 계실까. 할머니가 퇴원도 안 했는데…… 승제는 삼촌에게 드럼 오디션 합격 소식을 보낼까, 하다가 그만두었다. 문득 혼자서 나댄 기분이 들었다. 당분간 삼촌에겐 이야기하지 않기로 마음먹었다. 마을버스 의자에 앉아 탁이 삼촌에게만 간단하게 소식을 전했다.

탁이 삼촌은 카톡 대신 금방 전화를 했다.

"승제야, 축하한다. 붙을 줄 알았어."

"삼촌이랑 학원에서 드럼 했던 게 큰 도움이 되었어요."

"다행이구나. 할머니는 언제 퇴원하시니?"

"며칠 후에 퇴원하실 것 같아요."

"그래. 앞으로 드럼 친다고 공부 게을리하지 말고."

어른들은 공부밖에 모른다.

"네 삼촌. 저 다 왔어요."

"그래. 축하한다."

18

옥탑방의 비밀

그 날 승제는 자다 말고 깨어나서 다리어리를 꺼냈다.

꿈에 옥탑방을 보았다.

내가 옥탑방에 갇혀서 울었다. 내 옆에 은화도 있었다.

우리가 아무리 문을 두드려도 아무도 문을 열어주지 않았다.

나는 울다가 깨었다. 새벽 4시 8분.

승제는 다시 눈을 감았다. 이상하게 눈물이 났다. 눈물 속에 또 옥탑방이 나타났다.

내일 날이 밝으면 탁이 삼촌에게 물어볼까? 옥탑방에 들어가 보고 싶었다. 탁이 삼촌은 옥탑방의 비밀번호를 알려줄까? 삼촌에겐 이상하게 말을 못 꺼낼 것 같았다. 삼촌보다 탁이 삼촌이 더 편하게 느껴진다. 언제부터인지 모르지만 탁이 삼촌이 삼촌보다 더 삼촌 같다는 느낌이 들었다.

승제는 뒤척이다가 늦게 잠이 들었고 아침에 삼촌이 흔들었을 때 자기도 모르게 신음이 흘러나왔다. 온몸이 다 젖은 것 같았다. 이마에 땀이 흥건했다.

"승제야, 왜 그래?"

"꿈에 옥탑방에 갇혀 있었어요."

"옥탑방에? 니가 왜 옥탑방에 갇혀?"

"은화랑 같이요."

"은화랑?"

삼촌이 승제 이마에 손을 올려놓다가 화들짝 놀랐다.

"너 어디 아프니? 열이 이렇게 높아."

승제는 그날 결석했다. 삼촌이 지어온 약을 먹었지만 열은 내리지 않았다. 간신히 잠이 들면 악몽이 찾아왔다. 옥탑방으로 끌려가는 꿈. 옥탑방에 갇혔는데 옥탑방이 불타는 꿈. 살려주세요! 살려주세요!

"승제야, 승제야!"

삼촌은 안절부절못했다.

그날 밤 삼촌은 승제가 간신히 잠든 것을 보고 자기 방으로 건너갔다. 승제 상태를 봐 가며 내일은 병원에 가봐야겠다고 생각하며 억지로 눈을 감았다. 그런데 서늘한 기운을 느껴 눈을 떠 보니 베란다로 통하는 문이 열려 있었다. 거실로 나가는 문도 열려 있었다. 승제 방문도 열려 있었다. 삼촌은 후다닥 옥상으로 올라갔다.

"승제야!"

승제가 옥탑방 번호키를 잡고 낑낑대고 있었다. 어둠 속이었지만 문을 열려고 이 번호 저 번호를 누르고 있는 듯했다.

"승제야!"

삼촌이 승제를 안았을 때, 승제는 고꾸라지며 몸을 무너뜨렸다. 온몸이 불덩이였다.

승제는 바로 119에 실려 할머니가 입원해 있는 병원 응급실로 실려갔다. 링거를 팔에 꽂은 승제는 깨어나지 않았다.

승제 할머니의 퇴원은 승제 때문에 며칠 미루어졌다. 승제는 계속 자기만 했다. 죽은 듯이 잤고 엄마나 아빠를 부르며 눈을 떠 부르르 몸을 떨었다. 좀처럼 내려가지 않던 열은 입원 사흘째가 되어서야 천천히 내리기 시작했다. 삼촌의 얼굴이 사흘 새에 반쪽이 되어 있었다. 승제는 할머니가 퇴원하는 날 같이 퇴원했다.

삼촌은 애써 부드러운 어조를 유지하고 있었지만 뭐에 억눌린 사람처럼 초췌하고 어두웠다. 두 사람이 퇴원한 그 이튿날 새벽이었다.

"승제야! 승제야!"

승제가 미처 잠에서 깨어나기 전 승제는 할머니가 외치는 소리를 어렴풋이 들었다. 승제는 그게 할머니 방에서 나는 소리라는 것을 직감적으로 알고 아래층으로 후다닥 내려갔다.

"승제야, 니 삼촌 봐라 왜 이러니?"

어젯밤 할머니 곁에서 잔 삼촌이 끙끙 앓고 있었다.

"삼촌! 삼촌!"

온몸이 땀에 젖은 삼촌은 힘없는 눈으로 승제를 보았다.

"할머니, 삼촌 언제부터 이래요?"

"나도 몰라. 끙끙거리는 소리에 깨어보니 이래."

삼촌은 119에 실려갔다. 할머니가 불편한 몸으로 울면서 119에 올랐다.

"승제 넌 학교 가야지."

응급차는 승제를 남기고 떠났다. 이런 상황에서 어떻게 학교에 갈 수 있을까. 승제는 탁이 삼촌에게 전화를 했다.

"탁이 삼촌, 왜 우리 식구들이 모두 돌아가면서 아픈 걸까요? 우리 집이 마치 병동 같아요."

"승제야, 울지 마. 니 삼촌, 형님 돌아가셨지, 할머니 다쳤지, 또 너도 병원에 실려 갔었다며. 너무 힘들었나 보다. 승제야, 내가 갈 테니 넌 학교에 가거라. 알겠니? 울지 말고 잘할 수 있지? 아침도 못 먹었겠네. 가다가 빵이라도 사 먹고 가. 편의점 가면 김밥도 있을 거야. 굶지 말고 꼭 뭐라도 먹고 가."

승제는 울음을 삼키며 네, 하고 대답했다.

학교에 갔지만 승제는 하루종일 우울하게 앉아 있었다. 선생님이나 친구들은 승제가 아직도 아픈가, 했다.

수업이 모두 끝났을 때, 교문밖엔 뜻밖에도 탁이 삼촌이 낡은 지프를 가지고 기다리고 있었다.

"승제야!"

"탁이 삼촌!"

"집에 가서 이야기하자."

"우리 삼촌은요? 나 병원에 가 볼래요."

"삼촌, 종일 잔단다. 그동안 잠도 제대로 못 자고 너무 힘들었나 보더라. 우선 집에 가자. 너에게 할 이야기가 있다."

탁이 삼촌은 말없이 차를 몰며 가끔 승제 얼굴을 보았다. 탁이 삼촌은 다른 사람 같았다. 승제가 삼촌보다 가깝게 느꼈던 그 얼굴이 아니었다. 뭐라고 할까. 사람이지만 사람이 아닌 것 같은. 승제는 탁이 삼촌에게서 그런 얼굴은 처음이었다. 뭐라고 말을 붙이지 못할 만큼 어둡고 무겁고 싸늘했다.

"따라오너라."

승제는 탁이 삼촌을 따라 옥탑방으로 올라갔다. 승제 가슴은 탁이 삼촌이 옥탑방 열쇠의 비밀번호를 누를 때부터 가누지 못할 만큼 뛰었다. 아, 탁이 삼촌은 내 마음을 어떻게 알았을까.

조그만 방. 일인용 작은 침대와 작은 책장. 그리고 클래식 기타. 특별할 것이 없는 작은 방이었다. 창 너머로 할머니가 가꾸는 수국이 탐스럽게 피어 있었다. 나는 왜 여기 그렇게 오고 싶어 했을까. 승제는 혼자 생각했다.

"승제야, 여길 오고 싶어 했지?"

"삼촌이 그걸?"

"니가 몽유병 환자처럼 여길 왔었다며?"

"제가요?"

"그래. 니가 여기 올라와서 문을 열려고 하더래. 삼촌이 전화했어."

"제가요?"

승제는 하나도 기억나지 않았다.

"승제야, 내가 이렇게 급히 서울로 올라온 까닭은 이제 너에게 네 이야기를 해 주어야 하겠다는 생각이 들어서야. 언젠가 할머니가 이야기해 주시겠지, 했는데 할머니는 치매에 걸리셨고 삼촌도 단순한 피로 누적이 아니라 병이 생긴 것 같대. 뇌염을 의심하나 봐. 뇌염이 아니라 해도 너희 고씨 집안 가족병력, 삼촌도 어떻게 될지 모른다. 삼촌 요즘 너무 스트레스에 시달렸나 봐. 그러면 암이 발병하기 쉽거든."

승제는 숨이 턱 막혔다. 할머니는 치매이고 삼촌까지? 이 일을, 이 일을…….

무겁고 깊은 한숨을 쉬고 나서 탁이 삼촌이 다시 말을 이었다.

"삼촌에게 어떤 일이 생기면 내가 너를 데려가려고 한다."

"네? 그게 무슨 말씀이세요? 우리 삼촌 그렇게 심각해요?"

미워하고 의심했던 삼촌이었다. 그러나 지금은 그게 문제가 아니었다.

"지금 네 삼촌이 건강하다 해도 니 아빠처럼 우리를 놀라게 할지 모른다. 그러면 아무도 너에 대해 이야기 해 줄 사람이 없어. 니 삼촌이 말해 주지는 않을 거다. 할머니도 좀 더 기다리자고 했거든."

승제는 의아한 얼굴로 탁이 삼촌을 보았다. 이게 도대체 무슨 소리일까. 아무리 그렇더라도 왜 탁이 삼촌이 나를 데려간다는 걸까. 삼촌과의 우정이 그만큼 깊다는 걸까?

탁이 삼촌은 책장에서 앨범 하나를 꺼냈다. 낡은 앨범이었다.

"우선 이것을 보거라."

승제는 침대에 앉아 앨범을 펼쳤다.

"어? 이거 은화 사진 아니에요?"

첫 장을 펼치자 은화 사진이 나왔다. 학생복을 입은 은화였다.

"드럼 학원에서 본 그 애 말이지? 나도 놀랐다. 너무 닮았어. 그러나 이 사진은 네가 말하는 그 은화가 아니다, 내 동생, 탁금숙이다."

"탁이 삼촌 동생요? 은화 같은데."

자세히 드려다 봐도 은화 같다. 승제는 앨범을 넘겼다.

"탁이 삼촌이네요? 이분은 우리 삼촌?"

"그래. 네 삼촌과 나. 그리고 우리 금숙이."

탁이 삼촌 음성이 촉촉해졌다.

삼촌은 지금보다 체중이 더 나가 보였다. 그런데 다음 장에서 승제는 화들짝 놀랐다.

젊은 삼촌과 탁이 삼촌 여동생이 둘이서 찍은 사진에 '약혼기념'이라 쓰여 있었다.

"헐! 우리 삼촌 약혼했었어요? 독신주인 줄 알았는데."

승제는 다시 앨범을 넘겼다. 결혼식 사진이 이어졌다.

"어? 우리 삼촌 결혼했어요? 탁이 삼촌 여동생이랑?"

탁이 삼촌이 말없이 고개를 끄덕였다. 두 눈이 푹 젖어 있었다.

"승제야."

탁이 삼촌이 와락 승제를 끌어안았다. 삼촌이 결혼했었다고? 은화를 닮은 탁이 삼촌 여동생이랑? 헐! 근데 왜 삼촌은 지금껏 총각 행세를 하고 있는 거야? 승제는 어리둥절했다. 믿을 수 없는 일이었다. 탁이 삼촌이 울음을 참고 있다는 것을 느꼈다. 탁이 삼촌이 울고 있다. 온몸으로 울고 있다.

탁이 삼촌이 끌어안았던 손을 풀고 깊은 한숨을 내쉬더니 입을 열었다.

"승제야, 놀라지 말고 내 이야기 잘 들어라. 네가 여길 오고 싶어 한다는 이야길 듣고 나도 놀랐다. 아무도 네게 너의 비밀을 이야기 안 해주니까, 승제, 네 영혼이 스스로 자기 이야기를 듣고 싶어 하는구나.

승제는 자기 이야기를 듣고 싶은데 아무도 안 해 주니까, 모두를 아프게 할 정도로 자기 이야기를 듣고 싶어 하는구나 하는 생각을 했어."

"탁이 삼촌, 그게 무슨 소리예요? 제가 할머니를 병들게 하다니요. 말도 안 되는 소리 하지 말아요. 삼촌이 아픈 것도 나 때문이라고요?"

승제는 펄펄 뛰었다.

"승제야, 진정하고 내 말 들어. 넌 모르지만 네 속의 네가 그만큼 절실하다는 이야기야. 네 깊은 곳의 네가 듣고 싶어 하는 이야길 하마. 잘 들어라."

이게 도대체 무슨 소리일까? 승제는 탁이 삼촌을 노려보듯 바라보았다.

"승제야, 내가 진짜 너의 외삼촌이다 넌 내 여동생이 낳은 아들이야."

탁이 삼촌이 승제 손을 잡으며 말했다.

승제는 말이 나오지 않았다. 그럼 삼촌이?

"네 삼촌은 삼촌이 아니고 아버지다. 승제 친아버지."

"네? 그게 무슨 소리예요? 말이 되는 소리를 하세요."

승제는 탁이 삼촌을 떠밀었다.

"승제야 내 말 잘 들어라."

나와 내 여동생은 일찍 부모님을 여의고 이모 댁에 얹혀살았어. 이모부가 참 좋은 분이셨지. 자식이 없어서인지 우리를 자식처럼 길러

주셨단다. 다행히 나도 우리 금숙이도 공부를 잘해서 서울에 있는 대학에 입학하고 니 삼촌을 만났어. 내가 니 삼촌을 내 여동생에게 소개했단다. 니 삼촌은 말이 없고 까칠해 보였지만 대할수록 진국이었어. 꼭 내 동생 짝으로 만들어주고 싶었어. 나는 드럼에 빠져 있었지만 내 동생은 니 삼촌은 따라 클래식 기타를 했지. 참 잘 어울리는 한 쌍이었다. 내가 성화를 대서 서둘러 약혼했고 결혼식도 올렸어. 모두 어울리는 부부라고 박수를 보내주었어. 소문난 캠퍼스 커플이었단다. 이 세상 어느 누구보다 잘 살 것 같았지. 그런데 두 사람의 행복은 오래 가지 못했어. 너를 낳고 내 동생 금숙이는 산후 후유증을 이기지 못하고 세상을 떠났어. 세상을 떠나며 내 동생이 나에게 부탁했어. 오빠, 우리 아기는 오빠가 키워줘. 저 이는 더 공부하고 더 커야 할 사람이야. 오빠가 키워줘. 나는 그러겠다고 약속했지. 내가 여태껏 결혼을 안 한 것은 그래서야. 이 집에서 너를 원하지 않으면 언제라도 내가 데려가려고 늘 준비했어. 그래서 지금껏 결혼도 하지 않았단다. 널 키운 아빠, 그러니까 병국이 형이 그럴 수 없다고 엄마 없이 어떻게 아이를 키우겠냐고, 자기들이 키운다고 너를 데려다 자기 자식으로 키웠어. 형네는 애가 없어서인지 너를 놓지 않으려 했단다. 혼인신고도 안 한 상태여서 네 삼촌의 앞길을 막고 싶지 않았겠지. 다행히 넌 이고씨 집안의 보물로 잘 자라 주었어. 아마도 니 아빠가 돌아가시지 않았으면 니 삼촌은 미국에서 돌아오지 않았을 거다. 니 아빠는 형에게 늘 죄인처럼 살았어. 차마 잘 자라는 너를 볼 수 없어서, 형을 아버지로 알고 자라는 너에게 상처를 안겨주고 싶지 않아서 미국에서 영원히 살 생각이었어. 그런데 네 아빠인 형이 돌아가시고 나니까 너를 돌봐야겠다는 생각을 한 거야. 아빠로서의 권리를 주장하지 않아도 너만 잘 자라주면 좋겠다고 했어. 차마 아들이라고 나서지 못하고 네가 비틀어질까 봐 얼마나 애를 태우는지 모른다. 언젠가 그러더구나. 자기가 어떻게 되거든. 승제 부탁한다고. 승제는 생부인 자기보다 외삼촌인 나를 많이 닮았다고. 승제야, 삼촌 미워하지 마라. 삼촌이 얼마나 힘들게 살았는지 넌 들어도 모를 거다. 삼촌만이 아니야. 나도 멀리서 너를 지켜보며 네가 잘 자라기를 바라며 살았어. 너를 생각하면 늘 조마조마했어. 삼촌도 나도 너에게 어떤 일이 생기면 달려가 너를 지킬 각오로 지금까지 산 거야. 삼촌에겐 그동안 다시 결혼할 기회가 여러 번 있었지만 모두 매몰차게 거절한 모양이드라. 너를 위해 살려면 결혼할 수 없다는 거야. 그건 나도 마찬가지야. 니네 고씨 집안 가족병력 때문에 나는 늘 맘이 놓이지 않았어. 승제야, 이제 너도 삼촌은 이해해라. 미워하지 마라. 삼촌, 아니 니 아빠 불쌍하지 않니? 그리고 승제야, 너의 몸, 너의 뇌에는 엄마 모습이 저장되어 있는 것 같구나. 드럼 학원의 그 여자아이, 우리 금숙이를 닮은 그 아이에게 관심을 가지는 걸 보며 아, 우리 승제가 엄마를 기억하고 있구나. 승제가 인식하지 못하지만 승제 뇌에는 엄마가 저장되어 있구나. 그래서 엄마를 닮은 아이에게 끌리는구나. 나도 삼촌도 그런 너를 보며 마음이 아팠단다. 빨리 진실을 말해 주어야겠다고 생각했지. 삼촌까지 저

지경이 되고 말았으니 이제 미뤄서는 안 되겠다, 생각했어.

승제는 믿을 수가 없었다. 그러나 이제야 모든 게 하나하나 퍼즐이 맞춰졌다. 삼촌의 그동안 이야기했던 것들, 특히 이 집은 승제 너를 위해 마련한 거야, 했던 말. 그런데 그런 삼촌을 승제는 오히려 의심하고 미워했다. 그러나 이해했다고 받아들일 수 있는 것은 아니었다.

승제는 다시 앨범을 펼치고 처음 사진을 보았다. 은화 같은 사람. 이분이 내 엄마라고? 내가 은화에게, 그보다 먼저 서윤아에게 끌린 것은 탁이 삼촌의 말처럼 내 마음에 엄마의 얼굴이 저장되었기 때문일까. 나는 기억하지 못해도 내 마음에 엄마 얼굴이 저장된 것일까. 내가 느끼지 못하는 저 깊은 진짜 내 마음은 엄마의 얼굴과 비슷한 서윤아나 배은화에게 끌린 것일까. 내 마음이 나도 모르는 엄마를 찾아 헤맨 것일까. 눈물이 뚝뚝 앨범 위로 떨어졌다. 내가 기타에 꽂힌 것도 아빠와 엄마 핏줄 때문이었을까. 그래서 돌아가신 아빠는 그렇게 기타를 싫어했을까.

"승제야!"

탁이 삼촌이 승제를 감싸 안았다. 승제에겐 탁이 삼촌을 밀어낼 힘이 남아있지 않았다.

승제도 탁이 삼촌도 말없이 긴 밤을 보냈다. 혼자 있고 싶어 하는 승제는 승제 방에서 탁이 삼촌은 옥탑방에서. 불도 켜지 않는 승제 방. 탁이 삼촌이 도둑고양이처럼 조심스럽게 내려와 삼촌 방으로 들어갔다. 승제를 지키기 위해서였다.

승제는 핸드폰을 꺼냈다. 자기도 모르게 조심스럽게 은화 번호를 눌렀다. 신호가 간다.

“여보세요?”

오랜만에 듣는 은화 목소리였다.

“여보세요? 승제야! 승제야!”

은화가 애타게 승제를 불렀다. 은화야…… 그동안 얼마나 찾았던 은화였던가. 정작 통화되자 승제는 입을 열지 못했다. 무슨 말을 꺼내든 울음이 먼저 터질 것 같았다. 문득 드럼실에서 엄마를 부르며 울던 은화가 떠올랐다. 은화 엄마는 왜 은화를 두고 집을 나갔을까.

“승제야, 잘 지내고 있지?”

은화 목소리가 평온해졌다. 마치 어제 만났던 사람처럼 아무렇지도 않게 말했다.

승제는 핸드폰을 껐다. 아예 꺼버렸다.

어느새 동이 트고 있었다. 승제는 몸도 못 가눌 것처럼 초췌한 얼굴로 아침을 맞았다.

“승제야, 오늘은 학교 가지 말고 쉬자.”

탁이 삼촌이 승제 방 밖에서 말했다.

“괜찮아요.”

승제는 아침도 안 먹고 책가방을 챙겼다.

"힘들면 전화해. 내가 데리러 갈게."

승제는 대답하지 않았다.

종일 허깨비처럼 움직였다.

"승제야, 아직도 아파?"

호기와 진규 그리고 선생님까지 나섰지만 승제는 입을 열지 않았다.

허깨비 승제가 하굣길에 병원에 들렀다. 병원 중환자실. 함부로 들어갈 수 없는 그곳에 삼촌은 산소마스크를 쓰고 링거를 꽂은 채 죽은 듯 누워있었다. 할머니가 걱정스런 얼굴로 삼촌 옆에 붙어 있었다.

"승제야, 얼굴이 왜 그러니? 아직도 아파?"

할머니는 아직 아무것도 모른다.

"왜 그렇게 힘이 없니? 점심 안 먹었어?"

"먹었어요. 괜찮아요."

그러고 보니 어제저녁부터 먹은 게 없다.

"삼촌 이렇게 그냥 죽으려나 보다. 과로인 줄 알았는데 어쩜 뇌염일지도 모른단다. 의사들이 검사 중이야. 곧 결과가 나올 거래. 병익이, 살고 싶지 않은가 봐. 꼼짝 안 하고 누워있는 것 보니 자꾸 그런 생각이 드네. 뭐가 힘들어 살고 싶지 않을까. 그냥 오순도순 우리끼리 살면 될 것을."

할머니가 무겁고 깊은 한숨을 쉬며 말했다. 승제 가슴이 덜컹 내려앉았다.

뭐가 힘들어 살고 싶지 않을까 그냥 오순도순 우리끼리 살면 될 것을…… 승제는 할머니 말에 갇힌 기분이다. 할머니 말이 되풀이 되며 승제를 옥죄었다. 뭐가 힘들어 살고 싶지 않을까.

"나 물 마시고 오마. 여기 좀 있어라."

"네 다녀오세요. 저녁도 드시고 오세요."

"넌 저녁 어떻게 했니?"

"전 김밥 사 먹고 왔어요."

"그래. 그럼 나도 저녁 사 먹고 오마, 우리가 힘내야 삼촌 돌보지."

할머니가 나갔다. 승제는 삼촌을 보며 가만히 입을 열었다.

"삼촌……."

말은 더 이상 나오지 않고 말로 할 수 없는 것들이 눈물로 흘러내렸다. 씁쓰름한 눈물이 눈에서 나와 다시 승제 마음으로 흘러갔다. 승제는 하염없이 눈물을 흘렸다.

"삼촌……."

승제는 마음이 시키는 것을 거역할 수가 없었다. 조심스럽게 삼촌 손을 잡았다

그때였다. 삼촌의 손이 힘없이 승제 손을 잡았다. 승제는 털썩 주저앉을 뻔했다. 혼수상태, 손 하나 까딱 안 해서 죽은 것처럼 누워있던 삼촌이었다.

나를 기다린 거예요? 승제 눈시울이 뜨거워졌다. 승제도 삼촌 손을 더 힘주어 잡았다.

"삼촌 제발 일어나세요. 할머니 생각해서 일어나세요."

삼촌의 손이 다시 꿈틀 움직이며 승제 손목을 잡았다. 승제 가슴이 확 뜨거워졌다.

뜨거운 눈물이 왈칵 쏟아지며 뭔가가 빠르게 승제 마음을 강타했다. 'The Tears of Audrey'. Kevin Gilbert의 음악이 뜬금없이 승제 마음을 파고들었다. 승제는 조용히 삼촌의 손을 두 손으로 감쌌다. 승제를 가득 채운 'The Tears of Audrey'가 삼촌에게도 흘러가는 것 같았다.

"삼촌, 삼촌도 〈Thud〉 들었지요? 거기 나오는 오드리의 눈물 들어봤어요? 나도 탁이 삼촌도 좋아해요. 오드리는 누굴까요? 남자일까, 여자일까요? 왠지 쓸쓸하지만 전 오드리의 눈물이 참 좋아요. 어서 일어나서 저랑 같이 들어요. 아니 탁이 삼촌이랑 셋이 들어요."

승제 손에 잡힌 삼촌 손이 다시 꿈틀 움직였다. 말 없는 대답 같았다.

응급실 안으로 급하게 들어와 두 사람의 손 위로 손을 올려놓는 사람이 있었다. 꽁지머리 탁우빈 삼촌이었다.